여보, 나 제주에서
한 달만 살다 올게

냥이 문고

여보, 나 제주에서 한 달만 살다 올게

편성준·윤혜자

행성B

차 례

나사를 푸는 시간

신기한 건 혼자서 아무것도 건들지 않고 지내는데도 시간이 지나면 집 안 어딘가가 헐거워지거나 고장이 난다는 사실이다. 어제부터 1층의 현관문에서 소리가 나길래 살펴보니 경첩의 나사가 튀어나와 있었다. 거실 서랍을 뒤져 십자드라이버를 찾아 경첩의 나사를 조였다. 나사를 돌리다 보니 문득 직장 생활하는 동안에 나는 나사를 한 번도 풀지 않고 계속 조이기만 하며 살아왔구나 하는 생각이 들었다.

그동안 나는 나사를 너무 조이며 살아왔다. 초등학교 때 남들과 똑같이 조여져 있던 나사를 중·고등학교 때 시도 쓰고 소설도 읽고 하면서 조금씩 풀기 시작했는데 대학 들어가서는 술, 담배를 너무 해서 그랬는지 나사가 계속 왼쪽으로만 돌아가 결국 나사 풀린 놈 소리를 듣게 되었다. 더 이상 견디기 힘들 정도로 나사가 풀리자 군대에 갔는데 그건 매우 안 좋은 선택이었다. 군대에서는 군인 정신으로 무장한 선임과 간부들이 차례로 달려들어 십자드라이버로 몸과 마음의 나사를 꽉꽉 조여주었다. 지금도 그분들의 친절함을 잊지 못한다.

졸업하고 취직을 한 후에도 '너는 현실감이 너무 떨어진다'거나 '정무 감각이 모자란다' 등의 충고와 함께 선배와 동료, 경영진까지 나서 시시때때로 기름을 치고 나사를 조이고 태엽을 감아주었다. 나사를 꽉 조일수록 안정감이 생겨서 좋긴 한데 대신 벽이나 바닥에 딱 붙어 있어야 했기에 시야가 좁아지고 자유롭게 돌아다닐 수 없다는 단점이 있었다. 발이 아프고 몸이 갑갑했지만 세상이 그런 것이려니 하며 살았다.

어느 날 아침, 일어나 보니 두 발이 땅에 붙어 움직일 수가 없었다. 수십 년 넘게 착 달라붙어 살아왔으니 이젠 나사 좀 풀고 살면 안 되나 하는 생각이 들어서 회사를 그만두었다. 나사를 헐겁게 했더니 바람이 조금만 불어도 심신이 덜컹거렸다. 아내는 원래 그런 거니 너무 놀라지 말라며 웃었지만 나는 그녀의 웃음을 순진하게 다 믿을 순 없었다. 바지 주머니에 몰래 넣어두었던 십자드라이버 하나를 손으로 만지작거려 보았다. 아직은 이걸 꺼낼 때가 아니지. 그동안 조여놓은 세월이 있으니 쉽게 나사못이 빠지진 않을 거야. 당분간은 불안하더라도 이렇게 흔들흔들하며 가보자.

내일부터는 제주에 비가 온다고 하니 바람도 많이 불겠지. 함덕해수욕장엔 바닷바람이 거셀 것이다. 그러나 아직은 나사를 조일 때가 아니다. 신학자 폴 틸리히는 "외로움이란 혼자 있는 고통을 표현한 것이고, 고독이란 혼자 있는 즐거움을 표현하는 말이다"라고 했다. 아직 나는 외로움보다는 고독의 시간을 즐기고 있다.

로또 1등도 안 부러운데,
이건 좀 부럽네요

아내는 중요한 얘기를 아무렇지도 않게 꺼내는 재주를
가지고 있다. 처음에 '고노와다(해삼 내장)에 소주 한잔 하실
래요?'라는 문자 메시지를 받고 매봉역 일식집까지 단숨
에 달려 나간 나에게 오늘부터 사귀자고 얘기할 때도 그랬
고, 이번에 제주도에 나 혼자 내려가서 한 달만 지내다 오
라는 얘기를 할 때도 그랬다. 집에서 둘이 조용히 저녁을
먹고 있는데 갑자기 아내가 그 말을 꺼냈다.

"당신, 11월 초에 제주에 내려가서 한 달만 있다 와. 조
천읍이면 바닷가는 아니고 중산간인데, 가서 글 쓰고 책
읽으면서 좀 놀다 와."

황당한 기습 제안이 아닐 수 없었다. 도대체 무슨 돈으
로? 그때 나는 다니던 광고회사를 무작정 그만두고 논 지
몇 달이 지났으므로 당장 뭐라도 해서 생활비를 벌어야 할

처지였다. 그런데 한가하게 제주도 글쓰기 여행이라니. 그것도 한 달씩이나. 물론 그전부터 글을 써서 책을 내고 싶어 하긴 했지만 그렇다고 한가롭게 글만 쓰고 있을 상황은 아니었던 것이다. 그러나 아내는 태평했다. 마침 지리산 요리학교에서 만난 후배 하나가 제주도에 별장을 지어놓고 아직 입주를 못 했는데 혹시나 하고 내 얘기를 해봤더니 별장을 써도 좋다고 선뜻 허락을 해줬다는 것이다. 머리가 띵했다. 아내나 그 후배나 참으로 결단력 있는 여자들이 아닐 수 없었다. 일사천리, 전광석화…… 이런 경우에 어울리는 사자성어가 또 뭐가 있을까.

"아니, 언제 그렇게 얘기가 진전된 거야. 왜 중요한 일들은 늘 내가 모르는 사이에 일어나는 거지?"

나를 바라보는 아내는 말없이 웃었고 나는 몇 분 후 그러겠다고 고개를 끄덕였다.

물론 글을 쓰고 싶었다. 어렸을 때부터 책 읽는 걸 좋아했고 글쓰기도 곧잘 해서 문과대학에 진학했던 나는 결국 광고대행사의 카피라이터로 입사했다. 그러나 카피라이터가 쓰는 건 카피일 뿐 글은 아니었다. 카피도 글로 이루어져 있으니까 카피라이터라면 책도 금방 쓰지 않겠느냐 생각할 수 있지만 나의 경우에 그 둘은 출발부터가 다르게 느껴졌다. 광고 카피(Copy)가 소비자에게 전달할 메시지를 짧고 명징한 언어로 응축시켜 콘셉트화한 것이라면 책이 될 글은 기업이나 상품을 염두에 두지 않고 자유롭게 쓰는 것이었다. 물론 그 두 가지를 다 잘하는 괴물 같은 사람도 가끔 있긴 하지만 나는 그런 멀티 플레이어가 아니었다. 신입 카피라이터부터 시작해서 CD(Creative Director), 기획실장으로 직급이나 직함은 바뀌어도 나는 어디까지나 카피라이터였다. 출판기획자인 아내는 나를 만나기 전부터 내가 쓴 글들을 읽어왔기에 틈만 나면 책을 내자고 권유했지만 하루 종일 일에 시달리고 일주일에 서너 번씩 야근을 한 뒤 밤이 되면 따로 글을 쓸 기력 따위는 남아 있지 않았다. 카피라이터로 일한 지 20여 년이 지난 어느 날, 밤을 꼬박 새우고 새벽 5시에 회의를 마친 나는 밝아오는 아침 해를 바라보면서 회사를 그만둘 결심을 하게 되었다. 이제 할 만큼 했구나, 하는 허탈함과 함께 이러고도 계속 회사에 다닌다는 건 재미도 의미도 없다는 깨달음에서였다.

"여보, 나 아무래도 회사를 그만둬야겠어."

회사 회의실에서 아내에게 전화를 걸어 차분한 목소리로 이렇게 말을 꺼내자 휴대폰 너머로 짧은 침묵이 흘렀다. 2~3초쯤 후 아내는 "응, 그렇게 해. 결심하느라 마음고생했겠네"라고 말해주었다. 떨리는 목소리는 아니었다. 우리는 평소에도 대화를 많이 하는 부부였고 당시 내가 어떻게 지내는지 잘 알고 있던 아내였기에 내가 회사에 다닐 날이 그리 많이 남아 있지는 않았음을 짐작하고 있었던 것이다. 그날 저녁 나는 집으로 돌아와 아내가 차려준 술상을 받았다. 평소에 마시던 희석식 소주가 아니라 비싼 증류주였다.

회사에 사표를 냈다고 당장 그만둘 수 있는 건 아니었다. 나는 맡았던 업무를 정리하느라고 야근을 하거나 새벽에 출근하는 경우가 많았다. 아내나 친구들이 그만둘 거면서 왜 그렇게 열심히 하느냐고 물으면 나는 이렇게 대답했다. "비겁해지기 싫어서." 회사를 나가면서 일 처리를 대충해 남아 있는 동료들에게 피해를 주고 싶지는 않았다. 퇴사 의사를 밝힌 지 한 달 만에 나는 완전히 회사 생활을 접고 백수가 되었다.

회사를 그만두면 글이 마구 써질 줄 알았지만 그런 일은 일어나지 않았다. 글은 한 글자도 저절로 써지는 법이 없다. 쓸 때마다 뭘 쓸지 매번 고민해야 하고 전체의 맥락을 파악해 글의 균형을 맞춰야 하며 조금 묵혀놨다가 퇴고도 해야 한다. 그런데 그동안 내가 써온 글은 모두 생각날 때마다 짧은 호흡으로 쓴 것들이라 한 권의 책으로 엮으려면 다시 분류하고 글을 더 채워 넣어야 했다. 구슬이서 말이라도 꿰어야 보배라는데 일단 구슬을 꿸 시간과 장소가 마땅치 않았다. 마음 같아서는 어디 동굴에 들어가 백일 동안 쑥과 마늘을 먹으며 글만 쓰고 싶었다. 그런데 때마침 아내가 제주도 한 달 살이를 권하다니. 어떻게 이런 기적 같은 일이 일어난다는 말인가! 다행히 아내가 제안한 메뉴는 쑥과 마늘보다는 좋은 식재료들이었고 몇 가지 규칙(바닷가나 제주 시내 관광을 하지 않고 숙소 근처에서만 움직일 것, 책을 낼 원고의 초안 두 가지를 작성할 것, 매일 일기를 쓸 것 등)을 제외하면 자유로운 삶이 보장되었다.

가장 저렴한 평일 낮 비행기 티켓을 예매하고 퇴사 전부터 계속 아팠던 어깨 문제를 해결하기 위해 수유리에 있는 한의원으로 침을 맞으러 갔다. 웃통을 벗고 침상에 누워 침을 맞으면서 다음 주부터 한 달간 제주도에서 혼자 지내게 되었다고 했더니 평소 무뚝뚝하고 말이 없던 원장님이 말했다.

"누가 로또 1등에 당첨됐다고 해도 안 부러운데, 이건 좀 부럽네요."

남부러울 것 없어 보이던 한의원 원장님도 그런 소리를 하는 걸 보면 남자들은, 아니 인간은 누구나 고독에 대한 로망이 있는 모양이다. 하긴, 인생에서 한 달이나 혼자 지내는 행운을 누리는 남자가(또는 남편이) 대한민국에서 몇이나 되겠는가. 더구나 나에게 주어진 고독은 'loneliness'가 아니라 'solitude'에 가까운 것이었다. 글쓰기를 방해하는 요소들로부터 해방시켜 주기 위해 아내는 '제주도에서의 자발적 고독'을 선물한 것이었다.

〈냥이문고〉 시리즈에 대해 행성B 임태주 대표와 통화를 하며 남자의 고독에 대한 이야기를 주고받았는데 그 후 구체적인 사항을 의논하려고 이윤희 편집장과 메신저로 대화를 하다가 기획 의도 중 '실용서' 항목도 있다는 사실을 알고 깜짝 놀랐다. 아아, 어떡하나. 나는 제주도 맛집이나 예쁜 카페를 찾아다니지도 않았고 한 달 살이를 할 사람들에게 줄 생활 꿀팁도 전혀 없는데. 나는 원래부터 〈미스터 션샤인〉의 김희성처럼 달, 별, 꽃, 바람같이 무용(無用)한 것들만 좋아하거늘. 아아, 그런 내게 실용이라니. 내가 이 책에서 어떤 실용을 줄 수 있을까. 남자 혼자 큰 집에서 지내면서 어떡하면 지루하지 않게 시간을 보낼 수 있는지를 보여줘야 하나? 에피소드를 만들기 위해 마당에서 장작이라도 패야 하나? 갑자기 고민이 깊어졌다. 그러나 '혼자서 제주 한 달'이라는 말만으로도 뭔가 신나고 즐겁지 않을까 하는 생각이 들었다. 한 달간 뭘 하고 지낼지, 어디를 돌아다닐지는 각자의 몫인 것이다. 나는 제주에서 보낸 한 달 동안 《부부가 둘 다 놀고 있습니다》라는 내 첫 책의 초고와 또 다른 책의 초고(다른 기획으로 바뀌어 불발되었지만)를 썼다. 그리고 매일 일기를 썼다. 나만 쓴 건 아니었다. 아내도 서울에서 일기를 썼다. 책을 내고 싶어 하는 나는 사소한 사연이나 생각까지 미주알고주알 다 썼다면 아내는 작은 수첩에 메모하듯 요점만 짧게 썼다는 차이점이 있다.

어쨌거나 이건 그 두 사람의 일기를 바탕으로 한, 뜻밖의 자유와 고독을 선물 받은 한 남자의 이야기다. 그리고 나처럼 '남자의 고독'을 꿈꾸는 모든 남자에게 그걸 이루는 게 그렇게 어렵지만은 않다는 걸 보여주는 실전 백서이기도 하다. 한 번이라도 그런 꿈을 꾼 적이 있다면, 또는 앞으로 그럴 계획이 있다면 이 책을 읽어보시기 바란다. 아무것도 하지 않으면 아무 일도 일어나지 않는다고 하지 않던가. 일단 마음먹는 것부터 시작하면 그다음은 의외로 쉬워진다. 내가 그랬던 것처럼.

여행 싫어하는 남자가
혼자 여행을 떠나면

1

나는 여행을 싫어하는 편이다. 일단 전철이나 버스, 비행기 등을 탈 때마다 시간표를 잘못 본다든지 날짜를 헷갈린다든지 하는 실수를 자주 하고 화장실 문제도 심각하다. 갑자기 배가 아파 화장실로 달려가는 일이 빈번한데 여행지에서 공중화장실이 없거나 멀거나 문이 잠겨 있는 경우가 생기면 큰 봉변을 당하기 때문이다. 그래서 여행을 갈 때는 티케팅부터 일정 짜기까지 거의 모든 것을 아내가 챙기는 편인데 이번 제주행은 나 혼자 가는 것이니 불안하지 않을 수가 없다.

아내는 새벽에 일어나 트렁크를 들고 떠나는 나에게 공항까지 가는 전철 안에서는 제발 한눈팔지 말고 열차가 설 때마다 잘 확인하고 있다가 내리라고 말했다. 인천 공항까지 가지 말고 꼭 김포공항에서 내리라는 당부는 두 번이나 했다. 그래서 나는 평소와 다르게 휴대폰도 열지 않고 전철 문만 뚫어져라 쳐다보고 있다가 김포공항 역에서 내렸고 에스컬레이터를 네 개나 타고 2층으로 간 뒤 무사히 제주행 비행기를 탈 수 있었다. 그러나 제주공 항에 내려 버스를 잘못 타는 바람에 한참을 헤매다 겨우 택시로 갈아타고 조천읍에 있는 제주도 별장에 도착할 수 있었다.

2

아무도 없는 집에서 가방을 풀었다. '오늘은 첫날이니 까 천천히 짐 정리를…….' 하고 생각하던 찰나, 가을부 터 진행 중이던 프로젝트를 연결해 준 홍보실 직원으로부 터 전화가 왔다. 클라이언트인 정부 부처 직원의 요청으 로 급하게 기사를 수정해야 한다는 것이었다. 출판기획자 인 아내와 카피라이터였던 나는 당시 전국의 스마트팜을 돌아다니며 인터뷰를 하고 그걸 기사로 써서 책으로 만드 는 작업을 하고 있었다. 렌터카를 타고 전국의 농가를 찾 아다니는 일은 고되면서도 신나는 여행이었지만 서울로 올라와 일일이 녹취를 풀고 인터뷰 기사를 작성하는 일 은 결코 쉽지 않았다. 게다가 이 프로젝트를 담당하는 정 부 직원은 내가 쓴 기사가 이상하다면서 사사건건 뜯고 치고 있었다. 이야기의 흐름상 과거와 현재를 뒤섞어 놓은 글을 시제 순으로 바꿔달라며 단락마다 네모를 치고 1, 2, 3, 4 번호를 매겨 수정을 요구했고 어떤 글은 리드 문장이 마음에 들지 않는다며 다시 쓰기를 강요했다. 예전에 모 기업 30주년 기념 홍보영화 시나리오를 쓰면서 '시작은 정직이었습니다'라고 했다가 우리는 지금도 정직한데 왜 과거형이냐고 따지던 클라이언트 생각이 나서 쓴웃음이 나왔다. 어떤 기사는 통째로 다 다시 써야 한다는 피드백을 주기도 했다. 20년 넘게 출판계와 광고계에서 일한 두 사람이 몇 년 전 원예학과를 졸업한 주임에게 "총체적 난국이네요" 같은 비난을 받으며 꼼짝 못 하고 수정 작업을 하려니 전문직에 대한 회의가 몰려왔다. 그러나 책임을 지고 하는 일이니 중간에 그만둘 수도 없는 상황이었다. 그 주임 말대로 총체적 난국이었다. "내일이나 모레까지는 꼼짝없이 업무 모드구나." 방 안에 서서 트렁크를 닫지도 못한 나는 이렇게 힘없이 중얼거렸다.

제주도까지 내려왔는데, 일에서 도망치기란 이렇게나 어렵다. 와이파이를 설치하지 않은 집이라 테더링(개인용 핫스폿)으로 노트북에 인터넷 연결하는 방법을 익혀왔다. 오후 4시까지는 그런대로 테더링이 원활했는데 잠시 껐다가 다시 해보니 안 되는 것이었다. 불안감이 엄습했다. 이메일을 보내야 하는데. 망연자실한 기분을 바꾸기 위해 일을 집어던지고 동네 농협으로 향했다. 서울에서 카톡으로 별장 주인장에게 물었더니 거기서 쌀을 살 수 있을 거란 얘기를 해주었기 때문이다. 그런데 막상 가보니 이 농협에선 물건을 팔지 않는단다. 할 수 없이 집 근처 작은 슈퍼에서 쌀 4kg짜리 한 봉을 12,000원에 샀다.

돌아와 전기압력밥솥을 켜자 오디오 안내가 흘러나왔다. "지금부터 맛있는 백미밥을 하겠습니다." "압력을 빼고 있습니다." "와우, 쿠쿠가 맛있는 백미밥을 완성했습니다. 밥을 잘 저어주세요." 밥솥이 밥하는 과정을 중계하고 있었다. 아주 수다스러운 밥솥이었다. 제주도에서 쓰는 일기를 올릴 곳이 필요하겠구나 하는 생각에 밥을 먹고 브런치에 들어가 '새 매거진 만들기'를 시도했다. 제목 칸에 '아내 없이 혼자 제주 한 달 살기'라고 써넣으니 매거진 주소를 만들라는 안내문이 나왔다. 어렵게 주소를 완성하고 나니 이번에는 태그를 한 개 이상, 세 개 이하로 달라는 주문이 나왔다. 한글과 영어, 숫자를 섞어 쓰라는 등 뭔가 알아듣기 힘든 요구 사항이 많았다. 열 번 정도 틀린 끝에 어찌어찌하여 매거진이 만들어졌다. 일기를 올릴 수 있는 곳을 겨우 만들어놓았는데 기운이 쪽 빠져서 정작 글은 더 쓸 수가 없었다.

공처가 남편 없이 한 달 살아보자

한 달 동안 제주에서 살기로 한 남편이 오늘 새벽 짐을 싸서 내려갔다. 새벽 6시 반경 집에서 나갔는데 낮 12시가 지나서야 목적지에 도착했다는 전화가 왔다. 제주공항에 내려 버스를 잘못 타는 바람에 갈아타기를 반복, 점심밥까지 먹고 나니 그 시간이 되었다는 것이다.

매일 매일이 같은 일상인데, 남편이 없다고 생각하니 좀 이상하다. 한 달 동안은 쓰레기 버리기, 청소, 순자(고양이 이름) 화장실 관리가 모두 내 몫이다. 내려가며 남편이 가장 걱정한 건 다름 아닌 내 끼니였다. 혼자 밥해 먹기를 싫어하니 매일 어떻게 할 거냐고. 하지만 염려 마시길. 그동안 살을 좀 빼는 게 내 목표니까.

나도 파전을
먹고 싶었는데

1

제주에서 혼자 한 달 살 생각이라고 인스타그램과 페이스북에 올렸더니 부럽다며 아우성치는 사람이 수십 명이었다. 하긴 다른 사람이 그런 글을 올렸다면 나라도 "부럽다, 부러워. 저놈은 팔자도 좋지" 하는 소리를 연발했을 것이다. 그러나 정작 제주도에 내려와 있는 나는 무덤덤했다. 제주도라지만 중산간이라 밤낮으로 파도가 철썩이는 것도 아니요, 마당에 자동차가 주차되어 있어서 언제든 휘휘 돌아다닐 수 있는 것도 아니었다. 당장 버는 게 별로 없는 상황이니 생활비도 아껴야 했다. 게다가 오자마자 급하게 수정을 해야 한다는 클라이언트의 전화 한 통에 부엌 식탁에 앉아 꼬박 일만 하는 신세였다. 공기가 희박한 박스에 갇혀 있는 사람들 눈에는 밖이 좋아 보이겠지만, 정작 밖을 걸어가는 사람도 과중한 업무나 빚 때문에 속은 타들어 가는 상황과 비슷하다고나 할까.

첫날은 계속 일과 인터넷 때문에 골머리를 앓았다. 원고 수정을 급하게 해야 하는데 수정을 위해 자료를 찾으려면 인터넷이 필수다. 그런데 잘되던 휴대폰 테더링이 갑자기 먹통이 된 것이다. 너무 다급해 페이스북 담벼락에 '왜 테더링이 안 될까요'라고 올렸더니 그걸 보고 별장 주인장께서 카톡으로 옆집 와이파이 번호를 보내주었다. 옆집이 부모님의 지인이라 비번을 알고 있다는 것이었다. 난 환호작약하며 당장 와이파이를 찾아 연결했다. 그러나 연결할 수 없다는 말이 뜬다. 아, 얘 도대체 왜 이래? 나는 혹시나 하고 노트북을 들고 2층으로 올라가 보았다. 기적적으로 와이파이가 연결되었다.

나는 정말 열심히 일을 했다. 빨리 원고를 마감해서 인터넷이 끊어지기 전에 이메일로 보내고 싶어서였다. 별장 주인장도 궁금했던지 와이파이 잘 되느냐고 카톡으로 안부를 물어왔다(나의 안부가 아니라 정말 와이파이의 안부를 물었다). 나는 2층으로 올라왔더니 잘 된다고 자랑 아닌 자랑을 했고 주인장께서는 웃으며(메신저로 'ㅎㅎㅎ' 하고 웃었다) "옆집 공유기가 2층에 있거든요. 약하게라도 잡히면 다행이에요"라고 말했다. 그러나 그 후에도 인터넷은 계속 꺼졌다 켜졌다를 반복하며 나의 속을 썩였다. 밤까지 다 마무리할 수 있는 일이었는데 결국 12시가 넘었고 나는 인터넷 때문에 하도 신경을 써서 그런지 아내와 잠깐 통화를 한 뒤 그대로 침대에 쓰러져 버렸다.

2

새벽에 괜히 눈이 떠져 집 안을 한참 돌아다니고 가져온 책도 읽고 휴대폰으로 페이스북에 댓글도 달고 하다가 불현듯 샤워를 하고 캐비초크(아내와 내가 요즘 아침 식사로 미지근한 물에 타 먹는 식품이다. 몸에 좋은 채소 성분이 든 분말 형태의 영양식인데 아내는 이걸 장복하면 간이 좋아지는지 술을 많이 마셔도 다음날 숙취가 없는 부작용이 있다고 투덜댄다)를 한 컵 타 먹었다. 그리고 정말 간절한 마음으로 노트북을 켜보니 옆집 와이파이가 순순히 잡히는 것이었다. 나는 너무 반가운 마음에 노트북이 놓여 있던 2층의 옹색한 탁자 앞에 그대로 앉아서 문서 작업을 하기 시작했다. 그런데 자료를 찾아 원고를 거의 다 완성했을 때 갑자기 와이파이가 또 먹통이 되는 것이었다. 역시 옆집 신호가 너무 약한 것 같았다. 휴대폰 테더링은 이제 연결을 표시하는 페이지조차 뜨질 않는다. 아, 이게 무슨 양수겸장 수난이란 말인가. 실의에 젖은 나는 한숨을 계속 쉬며 네트워크 인터넷 설정 버튼만 기계적으로 계속 고쳐 누르고 있었다. 어느 순간 다시 기적처럼 와이파이 신호가 잡혔고 나는 기회를 놓치지 않고 원고를 첨부해 송고했다. 문서 작업을 하면서 이렇게 스릴을 느껴보기는 난생처음이었다.

오후에는 동네로 산책을 나갔다가 어느 카페에 가서 아쿠타가와 류노스케의 《라쇼몽》(문예출판사, 2008)이라는 단편을 다시 천천히 읽었다. 구로사와 아키라 감독이 만든 동명 영화의 원작이 되는 단편소설인데 역시 다시 읽어도 절묘했다. 산에서 만난 무사와 그의 아내, 그리고 도둑이 서로 내가 무사를 죽였다고(심지어 무사는 자신이 스스로 가슴을 찔러 자살했다고) 엇갈린 주장을 벌이는 일종의 상황극이다. 죽은 무사는 말을 할 수가 없으니까 무당의 입을 빌어 증언한다는 것도 재미있다. 특히 이름난 도둑이자 강도인 다조마루의 대사는 현대극으로 치환해도 손색이 없을 정도로 신랄하다.

"뭐, 남자 죽이는 것 정도는 나리께서 생각하시는 것처럼 대단한 일은 아닙니다. 어차피 여자를 빼앗게 되면 반드시 남자는 죽여야 합니다. 단지 저는 죽일 때에 허리에 찬 칼을 사용합니다만, 나리는 칼을 사용하지 않고 권력 하나로 죽이고, 돈으로 죽이고, 까닥하면 세상을 위한다는 말 하나로 죽이시지요. 그렇죠. 피도 흘리지 않고 남자는 엄연히 살아 있지만……. 그러나 그래도 죽인 것입니다. 죄의 무게를 생각해보면, 나리가 나쁜지 내가 나쁜지 어느 쪽이 나쁜지 알 수 없죠. (비웃는 미소)"

칼을 쓰지 않고 권력으로, 돈으로, 말로 죽인다는 건 늘 유리한 위치에 있는 자들이 하는 짓 아닌가. 내가 노란 연필을 꺼내 이 부분에 밑줄을 긋고 있는데 할머니 두 분이 카페로 들어오시더니 파전인가 부추전인가를 꺼내며 "전 좀 드실래요?" 하고 물었다. 알지도 못하는 사이인데 권하자마자 냅다 좋아요, 라고 할 수가 없어서 그냥 웃기만 했더니 할머니가 너무 쉽게 단념하고는 사장을 불러 자기들끼리만 전을 나눠 먹는 것이었다. 분했지만 그래도 내가 초연한 척 책을 계속 읽고 있으려니까 할머니가 이번엔 나무 그릇에 담긴 귤을 몇 개 들고 오셨다. "옆 농장에서 딴 유기농 귤인데요, 맛있어요." 나는 고맙다고 인사를 하고는 귤을 까서 입에 넣었다. 귤은 너무 시고 맛도 없었다. 나도 전을 먹고 싶은데. 화가 나서 책을 덮고 밖으로 나오니 가을 하늘이 맑기 그지없었다.

카페를 나와 어제 갔던 동네 슈퍼에 다시 들렀다. 밤에 소주라도 마시고 싶어지면 속수무책이라 미리 한 병 사놓으려는 속셈에서였다. 한라산 소주를 한 병 집어 들고 매대에 쌓인 참치캔을 고르다가 무심코 하나를 떨어뜨렸는데 공교롭게도 밑에 계란판이 있었다. 참치캔이 날계란을 두 개나 깼다. 나는 주인아저씨에게 죄송하다고 사과를 하고 수돗가에 가서 계란이 묻은 참치캔을 씻으며 계란 값을 물어드릴 테니 멀쩡한 계란 세 개만 더 달라고 했다. 아저씨가 "우주에 살았으면 안 깨졌을 텐데 지구에 살아서……"라고 했다. 중력 때문에 깨졌다는 것이다. 두 번째 보는 사이인데 이 정도 농담을 하다니 꽤 붙임성이 좋은 사람이라는 생각을 했다. 앞으로 이분을 '중력 아저씨'라고 불러야겠다고 다짐했다.

집에 들어와 쌀을 씻어 말하는 전기밥솥에 넣고 테더링을 다시 한번 시도해 보았더니 멀쩡하게 작동이 되는 것이었다. 얏호. 다행이다. 노트북을 꺼내 인터넷을 하면서 핸드폰을 열어 아까 아내가 주문하라고 카톡으로 보내준 사골국 사진을 확인하고 쿠팡에 주문을 넣었다. 무항생제 한우 사골곰탕 300g짜리 여덟 봉. 정가 33,000원짜리인데 할인가로 26,800원이었다. 결제하고 보니 다음 주 화요일에나 도착한단다. 왜 이렇게 오래 걸리는 걸까. 주문받으면 그때 비로소 소를 잡기 시작하나?

겨우 이틀째, 버스에서 눈물을 훔치다

보고 싶어도 못 본다 생각하니 주책맞게 눈물이 흘렀다. 아침 출근길에도, 저녁 퇴근길에도 버스에서 남편이 보고 싶어 눈물을 훔쳤다. 내가 여행 가서 일주일씩 떨어져 있을 땐 아무렇지 않았는데 이상한 일이다. 남편에게 메시지를 보냈더니 걱정이라며 저녁 먹으면서 한라산 반병만 마시란다. 아니, 어떻게 반병만 마시나? 동네 단골 식당에 가서 고등어구이를 시켜 한 병 깨끗하게 비우고 집으로 돌아왔는데 속이 별로 좋지 않았다. 카드 결제 내용을 확인했더니 소주 값이 빠져 있었다. 식당에 전화를 거니 여사장님이 받으셨다. 소주 값은 일부러 계산을 안 하셨다고, 전날 내가 선물로 드린 계란도 있고 하니 그 정도는 서비스라고 생각하라는 것이었다. 쓸쓸했던 마음이 조금쯤 따뜻해졌다.

보지도 않을 TV를 켜놓고 딴생각만 잔뜩 하며 김한민의《아무튼, 비건》을 조금 읽었다. 남편이 없는 이틀째 밤. 며칠 지나면 괜찮아지겠지, 스스로를 다독이며 잠을 청했다.

할아버지와
시외버스

1

제주도에 온 지 사흘째 되는 날이다. 새벽에 일어나 이런저런 책을 들춰보았고 SNS에 들어가 다른 이들이 쓴 글, 내가 올린 글과 사진 밑에 달린 댓글들을 읽었고 다음 주 '독하다 토요일' 모임에서 함께 읽고 얘기할 은희경의 《태연한 인생》도 전자책으로 조금 읽었다. 새벽은 조용하고 아무런 방해도 없어서 뭔가를 쓰기에 참 좋은 시간이다. 나는 노트를 펴놓고 이것저것 끄적이며 메모를 하다가 불현듯 일어나 거실 책장에서 김영하의 《여행의 이유》를 발견하고는 펼쳐서 앞 챕터부터 읽기 시작했다. 김영하가 중국 상하이에 있는 공항에서 여권이 없어 추방당하는 '추방과 멀미'라는 에피소드였는데 중국 여행 때문에 플래시백 된 학창 시절의 추억 부분에서 서대문 안 형사라는 분과의 인연 이야기가 찡했다. 아, 김영하가 운동권이었구나, 이건 여행기라기보다는 여행을 소재로 한 인생 에세이로구나, 등등을 생각하면서 읽었다.

2

어제 해놓은 밥이 전기밥솥에 남아 있었지만 아침이니까 캐비초크만 타서 먹고 좀 놀다가 오늘은 마트에 한번 가야겠다는 생각을 했다. 동네에 농협 공판장이 있는 줄 알았으나 그건 하나로마트가 아니라 그냥 농협 사무소였으므로 마을 어귀 작은 상점 앞에서 버스를 타고 하나로마트가 있는 곳까지 나가야 장을 볼 수 있었다. 버스 시간을 알 수가 없어서 10시 20분쯤 무조건 정류장으로 나갔더니 붙어 있는 버스 노선도와 시간표가 여러 개인 데다 불친절해서 도무지 알아볼 수가 없었다. 나는 어렸을 때부터 그래프나 표를 잘 못 읽기로 유명한데 여긴 낯선 고장이다 보니 버스 시간표 난독증은 평소보다 더 심각했다. 그 와중에 알아볼 수 있는 것은 버스 한 대당 간격이 한 시간 반씩이나 된다는 것이었다. 즉 버스 한 대를 놓치면 한 시간 반을 다시 기다려야 한다는 얘기다.

엄청난 노력을 기울여 내가 타고 나가야 할 버스가 두 대 중 하나임을 알아냈다. 둘 다 11시 10분에 오는 버스다. 나는 11시에 알람을 맞춰놓고 가방에서 전자책 단말기를 꺼내 김혼비의 《아무튼, 술》을 읽기 시작했다. 전에도 재미있게 읽었는데 시간이 없어서 다 읽지 못했던 것이다. 생각해 보니 내가 하지 못하거나 중간에 멈춘 모든 일엔 '시간이 없어서'라는 상투적인 변명이 붙어 있었다. 시간이 없어서 영화를 못 보고, 시간이 없어서 친구들을 못 만나고, 시간이 없어서 고마운 분들에게 인사를 못 드리고, 시간이 없어서 책을 못 읽고. 그런데 지금은 시간이 있으니까 김혼비의 책을 읽는다. 신난다. 전에 읽을 때도 느꼈지만 정말 글발이 좋은 작가다. 꽤 엘리트인 것 같은데 그런 학력이나 경력과는 다소 어울리지 않게 술이라는 소재를 가지고 자신의 인생관과 애정사, 대인관계, 경력 등을 잘난 척하지 않으면서도 효과적으로 잘 드러내고 있었다. 유머를 잘 구사하면서도 천박하지 않고, 술로 인한 일탈을 다루고 있으면서도 선을 넘지 않는 절묘함이 있었다.

김혼비의 글이 절묘함을 뽐내는 가운데 어느덧 11시에 맞춰놓은 알람이 울려 나는 단말기를 가방에 넣은 뒤 두 눈을 부릅뜨고 버스를 기다렸다. 11시 8분경 버스 정류장에 75세쯤 되어 보이는 할아버지 한 분이 홀연히 나타나셨다. 버스 시간표를 잘 이해하고 계신 것 같았다. 11시 10분이 되었다.

"버스가 올 때가 됐는데."

"그러게, 올 때가 지났는데."

우리는 혼잣말을 빙자해 서로에게 대화를 시도하고 있었다. 할아버지께서 먼저 자세를 낮추셨다.

"여기 사시우?"

"아녜요. 서울서 왔어요."

"버스가 올 때가 됐는데."

"그러게요. 오겠죠, 뭐."

그러나 10분이 지나도 버스는 코빼기도 보이지 않고 그사이 소형 트럭 몇 대가 먼지를 일으키며 지나갔을 뿐이었다. 할아버지가 아무래도 오늘 11시 10분 차는 안 오는 것 같다고 말씀하셨다. "아니, 그런 경우가 있나요?" 내가 흥분해서 외쳤더니 "없지······"라고 대답하는 목소리에 힘이 없었다. 나이가 들어서 그러시는 건지 자신이 없어서 그러시는 건지 잘 구분이 가지 않았다. 나는 11시 10분 버스를 타고 나가 하나로마트 근처에서 점심도 해결하고 들어올 계산이 어그러지자 더 짜증이 났다. 사실 택시를 타고 나가면 5천 원도 안 나오는 거리였다.

"여기선 택시를 어떻게 부르는 줄 모르니······." 내가 혼잣말을 했더니 할아버지가 대뜸 "784-82**, 이 지역 콜택시 번호야"라며 반말로 친근함을 표시하셨다. 어떻게 번호를 그렇게 외우고 계신지 신기해서 쳐다보니 할

아버지가 목에 걸고 있는 교통카드 지갑에 커다란 글씨로 이런저런 전화번호들이 적혀 있었다. 나는 고맙다는 말씀을 드리고 오늘은 그냥 들어가겠다고 인사를 했다. 할아버지는 10분만 더 기다려보다가 당신도 들어가겠다고 하셨다.

허무한 발걸음을 옮기다가 그제 택시 타고 들어오면서 봐 뒀던 국숫집에 가서 고기국수를 하나 시켰다. 국물이 시원하고 돼지고기도 맛이 좋았다. "그래, 제주도는 역시 고기국수지"라고 중얼거리고 있는데 12시가 되자 점심 손님들이 몇 명 들어왔다. 나는 갑자기 할 일이 없어진 관광객처럼 산책로를 따라 터덜터덜 걷다가 마을 어귀 돌비석에 새겨져 있는 '범죄없는마을'이라는 글귀를 발견하고는 저기서 범 자를 빼면 '죄가 없는 마을'이라는 뜻이 될까 아니면 '뭐든 죄다 없는 마을'이 될까 하는 쓸데없는 생각을 좀 했다. 그러나 이내 산책을 포기하고 서둘러 집으로 돌아와야 했다. 급하게 화장실에 가고 싶어졌는데 공중화장실이 어디 있는지 몰라서였다.

남편 자리에 순자가 누웠다

고양이란 이런 존재구나! 누군가가 떠난 자리에서 남겨진 사람을 물끄러미 바라보며 조용히 위로를 보내는 존재구나. 고양이 순자는 남편이 없다는 것을 본능적으로 아는 것 같다. 내게 더 다정하게 군다. 어쩌면 "하하, 독박 집사구나. 내 밥과 물과 화장실을 더 잘 챙겨라!" 하는 주문 같기도 하다. 순자가 있어 다행이란 생각이 드는 아침이다.

성북동 '파란대문집' 정옥 씨에게서 저녁을 먹으러 오라는 톡이 왔다. 혼자 있는 내 마음을 읽었던 모양이다. 밥을 먹으러 게으른 걸음으로 파란대문집에 갔다. 이웃이 차려준 따뜻한 밥이 쓸쓸한 마음을 달래주었다.

A4 용지와
한우 등심

1

"흔히 같은 실수를 해서는 안 된다고 합니다. 그러나 사람은 같은 실수밖에 하지 않아요."

며칠 전에 읽은 사노 요코 선생의 《친애하는 미스터 최》(남해의봄날, 2019)에 나오는 말이다. 어제 버스 시간표를 확인하지 않는 바람에 하나로마트에 가는 그 간단한 일정을 포기해야 했던 나는, 오늘 요코 여사의 충고를 가슴 깊이 새기며 카카오 맵 앱을 켰다. 과연 제주도 구석구석의 정거장까지 다 표시되어 있었고, 버스 도착까지 남은 시간도 실시간으로 볼 수 있었다.

갑자기 문명인이 된 것 같은 흐뭇한 마음으로 예정된 버스를 잡아타고 하나로마트에 갔다. 술 마시는 인간들은 반찬을 봐도 다 안주로 보인다더니, 내가 딱 그 짝이었다. 나도 모르게 프랑크 소시지부터 허겁지겁 집어 들었고, 거기에 어울리는 채소와 풋고추, 청양고추를 순서대로 바구니에 넣었다.

A4 용지도 한 묶음 사고 싶었다. 나는 글을 쓸 때 일단 빈 종이 위에 단어나 문장들을 아무렇게나 흩뿌려 놓아야 안심이 되는데, 어쩌다 보니 제주도에 가져온 빈 종이가 한 장도 없었다. 쓰던 수첩도 마침 다 차버렸다. 하지만 제주 시내도 아니고 시골 한갓진 곳에서 A4 용지를 구하는 건 쉬운 일이 아니었다. 하나로마트 안에도 농산물과 생활용 공산품만 즐비할 뿐, 어디를 봐도 종이나 수첩 따위는 눈에 띄지 않았다. 지도 앱을 다시 열어보니 마트 바로 옆에 중학교가 하나 있다. 오, 학교가 있으면 그 앞에 문방구도 있겠지. 나는 소시지와 고추 등을 다시 제자리에 내려놓고 밖으로 나갔다.

빈 몸으로 마트를 나와 중학교를 향해 걷는데, 이럴 수가. 중학교 앞에는 정말 아무것도 없었다. 그냥 길뿐이었다. 혹시나 학교 안에 문방구나 매점이 있을까 싶어 들어가 봤지만 문방구는 고사하고 개미 한 마리 보이지 않았다. 낯선 남자가 평일 대낮에 무단으로 교문을 통과하는데도 달려 나오는 수위 아저씨 한 명 없었다. 다들 수업 중인지 학교 안은 너무나 적막했다. 내가 선량한 사람이었기에 망정이지 이상한 사람이면 어쩌려고 이렇게 경비가 허술한가 싶었지만, 나는 변태가 아니고 학교 안에는 매점 비슷한 것도 없었으므로 다시 돌아 나와 하나로마트로 향했다.

마트로 들어가서 한 아주머니에게 "혹시 여기 종이 같은 것도 팔까요?" 하고 묻자, 저리로 가라는 대답이 돌아왔다. 무심히 왼쪽을 향한 아주머니의 손가락을 시선으로 좇으니 문방구가 보였다. 같은 건물 안에 있는 문방구를 알아보지 못하고 중학교까지 가서 헤맸다는 사실을 이 아주머니가 모른다는 것이 조금 다행스럽게 느껴졌다.

A4 용지 구입에 성공한 나는 프랑크 소시지, 채소와 풋고추, 청양고추를 다시 장바구니에 담았다. 정육점 아주머니의 적극적인 판촉에 이끌려 소고기 등심도 조금 샀다. 주류 코너에 갔더니 한라산 21도짜리가 유리병과 페트병 모두 있길래 반가운 마음에 골고루 바구니에 담았다. 갈 때는 택시를 타기로 정했다. 마을 할아버지가 가르쳐준 콜택시 번호가 있으니 걱정할 게 없었다.

2

택시는 하나로마트 주차장에 금세 도착했지만, 집까지 돌아오는 여정은 그다지 유쾌하지 않았다. 처음에는 길을 안다던 아저씨가 출발 후 갑자기 길이 헷갈린다며 차를 세우고는 내비게이션에 주소를 찍겠다고 했다. 주소를 불러줬더니 없는 주소라는 대답이 돌아왔다. 운전사 아저씨가 가진 앱도 분명 내 것과 똑같은 카카오 내비인데, 아저씨가 입력하면 우리 집 주소가 뜨지 않았다. 지번주소도, 도로명주소도 감감무소식이었다. 결국 앞좌석 사이로 스마트폰을 건네받아 직접 주소를 입력했다. 당장 주소가 제대로 떴다. 제기랄. 뒤늦게 경로를 확인한 아저씨가 말했다. "아, 이거 내가 아는 길이에요."

까닭 모를 분노가 밀려왔다. 아저씨는 한술 더 떠 이 길과 저 길 중 어디로 갈지를 물어왔다. 아까 분명히 나는 초행길이라 여기 지리를 잘 모른다고 했는데도 그런 질문을 하다니.

"이상하게 나는 이 길이 맨날 헷갈려……." 혼잣말인지 그냥 반말인지 모를 아저씨의 중얼거림을 들으며, 나는 다리를 외로 꼬고 계속 앞만 쳐다보았다. 여행지에 오면 대체로 여유로워지고 마음도 착해지던데, 늘 그런 것은 아니었다.

집으로 들어와 책을 좀 읽다가 아내와 통화를 했다. 아내는 독하다 토요일에서 읽기로 한 은희경의 소설이 생각보다 별로라며 안타까워했다. 나는 이번 기회에 집에 있는 나쓰메 소세키 전집이나 다 읽지 그러냐고 제안했고, 아내는 일단 지금 읽고 있는 진회숙 선생의《우리 기쁜 젊은 날》부터 끝내겠다고 말했다. 내가 소고기 등심을 에어 프라이어에 구워 먹을 생각이라고 했더니 중간에 고기 뒤집는 걸 잊지 말라는 당부가 돌아왔다.

전화를 끊자 갑자기 배가 고팠다. 에어 프라이어에 등심을 넣고 7분을 기다렸는데, 고기를 뒤집으려고 열어보니 생고기 그대로였다. 이게 무슨 일이지? 하고 잠시 당황했지만 콘센트에 에어 프라이어 대신 커피포트 줄이 꽂혀 있는 것을 발견하기까지는 그리 오랜 시간이 걸리지 않았다. 에어 프라이어 코드를 단단히 꽂고 기계를 다시 돌렸다. 몇 분 후 내가 생각해도 꽤 괜찮은 등심구이가 탄생했다. 등심구이를 안주 삼아 한라산을 한 병 마셨다.

남편이 없어 좋은 점을 찾아보았다

혼자 있으면 밤에 참 잠들기 싫다. 분명 졸린데도 억지로 눈을 부릅뜨고 잠을 물리친다. 어제는 버티고 버티다가 새벽 1시가 지나서야 억지로 눈을 감았다. 남편은 늦게까지 안 자고 버티는 내게 왜 그러느냐고 가끔 묻는다. 그럼 나는 자는 게 아깝다고 대답한다. 사실 아깝다기보다는 그냥 딴짓을 하고 싶어 그런 것이다.

나흘째 아침, 일기를 쓰고 있는데 남편에게 전화가 걸려왔다. 지난밤 온라인 실업급여 신청을 20분 만에 성공했다며 의기양양하게 자랑하는 남편. 낮에 시뮬레이션까지 해봤으면서…….

오늘은 남편이 없어서 좋은 점을 굳이 찾아보았다. 욕실에 립밤까지 두고 화장을 모두 마치고 나올 수 있다는 점이 단연 최고다. 나는 화장대가 없다. 필요도 없고, 갖고 싶지도 않다. 집 안 이곳저곳에 머리카락이 빠지는 것이 싫어 욕실에서 모든 단장을 마치는 편이다. 전에 살던 집엔 욕실이 두 개여서 전혀 문제가 없었는데, 성북동으로 이사를 오면서 욕실이 한 개로 줄었다. 그러다 보니 샤워 후 단장을 마치기 전에 남편에 의해 불려 나오는 일이 잦다. 남편이 없으니 그럴 일도 없어, 이것만은 참 좋다.

외롭고 싶어서가 아니라
고독해지려고 온 것이다

1

점심을 먹기 전에 집 근처 곶자왈로 산책을 갔다. '습지보호지역'이라는 안내문이 붙어 있는 곳으로, 원시림이 빽빽하게 우거져서 대낮인데도 길이 어두울 정도였다. 숲 안쪽으로 들어가니 땅은 축축하고 잎이 뾰족뾰족한 고사리들이 지천으로 널려 있었다.

혼자 숲길을 걸으며 만약 이 세상에 술친구 같은 직업이 생기면 어떨까 하고 생각했다. 일본에 있는 '쇼 탤런트(연기 생활은 전혀 안 하고 오직 토크쇼에 패널로만 출연하는 사람들을 그렇게 부른다고 들었다)'처럼, 술자리에 끼어 같이 술을 마시며 즐겁게 얘기만 하는데도 생계를 해결할 수 있다면 난 그 직업을 택할지도 모르겠다. 술이 그리 세진 않지만 술자리에 모인 사람들과 시답잖은 소리를 지껄이면서 노는 것을 굉장히 좋아하니까. 물론 매일 술친구로 일하다가 간경화로 일찍 죽고 싶진 않으니 일주일에 두 번 정도만 일하는 것을 기본 조건으로 걸어야 한다. 술도 위스키나 증류주를 우선으로 하고 소주는 한라산이 제일 좋긴 한데 제주도가 아닌 이상 늘 구할 수 있는 브랜드가 아니니 일단 진로 빨간 거로 하고……. 머릿속으로 한참 이런 망상을 하다가 번뜩 곶자왈 맑은 공기 마시면서 대체 이게 뭐 하는 짓인가 하는 생각이 들었다. 술친구에 대한 허황된 꿈은 그렇게 숲속으로 흩어졌다.

2

오후에 리디북스에 들어갔다가 갑자기 난다 출판사에 꽂혀 박준 시인의 산문집 《운다고 달라지는 일은 아무것도 없겠지만》과 김민정 시인의 산문집 《각설하고,》를 샀다. 노트북으로 결제한 후 리디북스 단말기의 구매 목록으로 들어가 다운을 받아야 책을 읽을 수가 있는데 단말기에서 계속 에러가 났다. 단말기를 로그아웃시켰다가 다시 켜보라는 아내의 조언을 따랐더니 기계는 꺼질 생각을 하지 않고 '로그아웃에 실패했습니다'라는 안내만 계속해서 내보냈다. 이제는 하다 하다 로그아웃에도 실패를 하는구나 싶어 헛웃음이 나왔다. 게다가 노트북의 리디북스 뷰어까지 말썽이었다. 하는 수 없이 스마트폰으로 리디북스 앱을 다운받았다. 김민정 시인의 책부터 읽던 중, 진한 커피 한 잔이 생각나 집에서 3분 거리에 있는 카페 '세바'로 향했다.

따뜻한 아메리카노를 한 잔 시켰더니 사장님이 비알레 떼 포트로 에스프레소를 만들어서 뜨거운 물과 함께 가져다주었다. 나도 예전에 한동안 쓰던 아날로그식 커피 포트라 옛 친구를 다시 만난 듯 반가웠다. 혹시나 하고 전자책 단말기의 와이파이를 켜봤더니 아까 산 책 두 권이 단번에 다운로드되었다. 강력한 카페 와이파이 만세!

김민정 시인의 책 《각설하고,》는 꽤 오래전에 나온 산문집이다. 앞부분부터 쭉 읽어나가다가 〈촌스러워서 못 살겠다〉라는 제목이 붙은 글에 눈이 팍 꽂혔다. 시인이 사진작가 민병헌 선생과 《누드》라는 사진집을 하나 냈는데 대형 서점으로부터 유해하다는 판정을 받아 19금 딱지가 붙었고, 인터넷 서점엔 표지조차 뜨지 못하게 되었다는 이야기였다. 한심하고 촌스러운 일이 아닐 수 없다.

이 글을 읽고 모델뿐 아니라 편집자나 홍보 책임자, 그 책에 관여한 모든 사람의 누드가 한 장씩 실린 누드집은 어떨까 엉뚱한 생각도 해봤다. 배가 나오고 피부가 늘어지면 어떤가. 우리가 늘씬한 몸매를 보려고 누드 사진집을 사는 건 아니지 않나. 만약 그럴 수만 있다면 라이언 맥긴리의 누드 사진 시리즈보다 멋진 이벤트가 될 수 있을 텐데 말이다.

박준 시인의 《운다고 달라지는 일은 아무것도 없겠지만》은 베스트셀러였을 때부터 읽고 싶었는데 이제야 겨우 만나게 되었다. 시를 워낙 잘 쓰는 사람이니 산문인들 못 쓰겠냐 짐작은 했으나 이건 기대 이상이었다. 박준의 산문들은 구체적인 사연들로 시작해서 보편타당한 정서로 외연을 확장한 뒤, 끝내 따뜻한 마음이 느껴지는 시적 여운을 남긴다. 이 산문집을 사거든 부디 〈아침밥〉과 〈환절기〉라는 짧은 글을 찾아 읽어보시길. 시인의 산문은 이렇게나 다르구나, 하는 느낌을 분명히 받을 것이다.

카페 안으로 20대 여성 셋이 들어오더니 휴대폰과 디지털카메라로 계속 사진을 찍었다. 카페 구석구석을 찍는 건 물론, 모델 같은 포즈를 취하며 서로를 찍어주거나 각자 자리에서 셀카를 찍기도 했다. 너무 그러니까 눈 둘 데가 없어졌다.

벌써 밖이 어둑어둑해졌다. 자리에서 일어나 커피 값을 내고 얼른 집으로 돌아와 밥을 차렸다. 식탁 위에 밥과 국, 반찬을 늘어놓고 먹다가 괜히 울컥했다. 설거지를 하고 오줌이 마려워서 화장실에 들어갔다가 거울에 비친 내 얼굴만 멍하니 쳐다보다 그냥 나오기까지 했다. 혼자 며칠을 지냈더니 드디어 좀 센티멘털해진 모양이다.

　오늘 읽은 박준 산문집에는 선배 시인이 "고독과 외로움은 다른 감정 같아"라고 말하는 대목이 나온다. 맞아, 나는 외롭고 싶어서가 아니라 고독해지려고 제주까지 온 것이다. 그러니 고독하되 외로워하진 말자. 이따가 다시 오줌을 누러 화장실에 가면 거울 속에 있는 나에게 꼭 그렇게 말해줘야지.

커피 광고 카피를
닮은 고독

"도시를 떠나면 도시가 그리워지고 사람에게서 멀어지면 사람이 그리워진다."

예전에 이병헌이 나왔던 캔커피 광고에 흐르던 이 카피를 좋아했다. 바쁜 도시 사람들이라면 누구나 이 문장에 동의하지 않을까. 나도 복잡한 서울이 싫어 제주 중산간에 있는 별장에 와 있지만 아무도 없는 밤거리에 잠깐 나가보면 이내 마음이 쓸쓸해지기 마련이다. 여기는 젊은이들은 거의 없고 나이 든 분들만 사는 동네라 그런지 해가 지고 나면 정말 깜깜하고 조용하다.

외로운 밤이면 혼자서 한라산(한라산 소주 파는 제주도 만세!)이라도 한 병 마시고 싶지만 미처 안주를 준비하지 못한 날은 그것도 어렵다. 할 수 없이 서울에서 가져온 책 중 한 권을 꺼내 읽는다. 레일라 슬리마니의 장편 소설 《달콤한 노래》(아르테, 2017)는 짧고 단단한 문장이 좋고 '성실했던 가정부가 주인집 아들딸을 이유 없이 살해한다'는 내용도 파격적이라 지금도 가끔 꺼내 읽는다. 소설의 주인공 미리암과 폴은 늘 일 때문에 분주한 파리지앵이다. 그들은 그렇게 일에 치인다는 것이 곧 성공을 알리는 징표인 것처럼 끊임없이 정신없다는 말을 입에 달고 산다.

책을 읽다가 슬며시 쓴웃음이 나왔다. 꼭 회사 다닐 때 나하고 똑같네. 정신없다는 게 무슨 벼슬인 줄 아는 바보들 같으니라고. 살고 있는 도시만 다를 뿐 성공을 바라보며 일에 치여 허덕이는 것은 우리의 모습과 다를 바가 없지 않은가. 아이들이 생기기 전 폴은 언젠가 미리암에게 "우리 여행도 많이 하고, 아이는 팔 밑에 끼고 다니자. 당신은 대단한 변호사가 될 거고, 나는 잘나가는 아티스트들을 프로듀싱할 거야. 아무것도 달라질 건 없어"라고 한다. 이 호언장담은 오래전 읽은 우라사와 나오키의 만화 《마스터 키튼》의 한 에피소드 중 "난 서른다섯 살에 중역, 마흔엔 사장이 될 거야. 그럼 은퇴를 하고 세계 여행을 떠나자. 당신은 사교계에 데뷔하고 난 그레이엄 그린 같은 소설가가 될 거야…… 당신이 청혼하면서 내게 한 말이야"라는 여주인공의 대사와 겹쳐진다. 어느 것 하나 슬픔을 느끼지 않을 수 없는 현대인들의 자화상이다.

나는 그 '정신없음'의 상태가 싫어서 회사를 그만두고

제주로 왔다. 일부러 고독의 길을 택한 것이다. 그러고 보면 고독은 사람들에게서 멀어지는 게 아니라 나를 방해하는 사람들을 차단하는 것이라 정의해야 더 정확하다. 반면에 전철 안에서 이어폰으로 세상을 차단하는 것은 자발적 고독이 아니라 자발적 소외에 가깝다. 세상에는 귀를 열고 옆 사람에게서는 멀어질 수 있는 게 바람직한 고독이다. 나는 여기서 내가 원하는 글을 쓸 수 있을까. 어쨌거나 주사위는 던져졌다. 지금은 마르그리트 뒤라스의 이 문장만이 나를 위로해 줄 뿐이다.

"책을 쓰는 사람은 주위에 있는 다른 사람들과 항상 떨어져 있을 필요가 있다. 그것이 바로 고독이다. 그것이 저자의 고독이고, 쓰기의 고독이다."

조금 거리를 두고 느긋하게, 부부는 그래도 좋다

아침은 고양이 순자가 열어준다. 내 머리 옆에서 자다가 내가 눈을 뜨면 기가 막히게 알아채고 가슴 위로 올라와 쓰다듬어 주길 강요한다. 자기 성에 차지 않았는데 쓰다듬기를 멈추면 얼굴을 내 손에 대고 비비며 계속하라고 재촉한다. 순자가 하루 중 유일하게 온몸으로 애교를 부리는 시간이다. 고작 1~2분 남짓이긴 하지만.

사람이라고 뭐가 많이 다를까? 연애 시절 찾던 뜨거운 몸과 애틋한 감정은 잠시, 이후로는 서로 적당한 거리를 두고 적당히 마음을 쏟는다. 살다가 가끔은 연애 감정을 되찾기도 하지만 대체로 평온하게 서로를 의지하고 살핀다. 고양이의 느긋함이 부부의 관계에도 도움이 된다. 딱 고양이의 하루처럼 살아도 괜찮겠다는 생각이 든다.

혼자 지낸 지 닷새째 되는 날, 처음으로 나 혼자 먹겠다고 밥을 지었다. 저녁엔 당산동 카페에서 열린 〈달문, 한없이 좋은 사람〉 렉처 콘서트에 갔다가 뒤풀이에도 참여했다. 제주를 같이 걸었던, 광주에 사는 준희가 우리 집에서 자고 갔다.

행복하려면
항복하라

1

아침에 일어나 페이스북을 훑어보는데 1년 전에 쓴 '공처가의 캘리'가 눈에 들어왔다. 어느 날 '행복은 매달려 있는 복'이라는 문장이 떠올라, 카페에서 받은 영수증에 볼펜으로 급하게 휘갈긴 글이었다. 행복의 '행' 자를 '매달다, 매달리다'라는 뜻의 영어 'hang'으로 치환해서 장난을 쳐본 것이었는데, 오늘 다시 읽어보니 'hang복'이 '항복'으로 읽히는 게 아닌가. 그래, 공처가의 행복은 아내에게 항복하는 것에서 시작된다고 할 수 있지. 페이스북이 띄워준 사진을 휴대폰에 담고는, 방금 생각난 내용을 짧은 글로 써 붙였다.

아내는 가끔
"당신은 왜 나를 사랑해?"라고 묻는다.
그럼 나는

"그게 제일 유리해서"라고 대답한다.

그렇다.

아무 생각이 없는 나는,

세상 살기가 무서운 나는,

아내에게

매달려 있을 때가

가장 행복한 것이다.

그런 줄 알았다.

그런데 지금

다시 읽어보니

내가 쓴 것은

행복이 아니라 항복이었다.

나는 아내에게

무조건 항복이다.

저항을 포기한다.

저항과 의심에

무슨 행복이 있나.

나는 진즉에 항복으로 전향했다.

그게 제일 유리하니까.

항복만이 행복이다.

2

　책을 좀 읽다가 산책을 나가기로 했다. 어제는 곶자왈
에 갔으니 오늘은 반대편에 있는 낙선동 4·3 유적지에 가
보기로. 제주는 싱그러운 바다와 푸르른 숲, 완만한 오
름 등 자연경관이 천국 같은 곳이지만 4·3 항쟁이라는 현
대사의 아픔을 온몸으로 맞은 비극의 땅이기도 하다. 돌,
바람 그리고 여자가 많아 삼다도라 불리는데, 4·3 때 남자
들이 많이 죽어서 여성 비율이 높아졌다는 말도 있다.

　변변히 몸 숨길만한 곳 하나 없는 이런 지형에서 공비
로 몰려 억울하게 죽임당한 사람들의 비참함을 어찌 쉽
게 상상할 수 있으랴. 피상적으로만 알고 있던 4·3의 비
극을, 나는 현기영의《순이 삼촌》이나 조정래의《태백산
맥》, 김두식의《헌법의 풍경》같은 책을 통해 보다 자세
히 이해하게 되었다. 전라도의 여수·순천 반란 사건도 제
주 4·3으로부터 시작된 참상이었고, 그 연장선상에 동족
상잔의 비극, 6·25 전쟁이 놓여 있었다.

　4·3 유적지는 1948년 봄, 토벌대의 무력 진압이 한창
일 때 마을 주민들과 무장대의 연계를 차단하기 위해 축
조한 성이다. 토벌대는 주민들을 노예처럼 부리며 낮에

는 성을 쌓고 해자를 파게 하고 밤에는 남녀노소 구분 없이 망루에서 보초를 서게 했다. 하루 한 끼도 겨우 먹을까 말까 했던 주민들은 중노동과 수면 부족에 시달리며 4년 동안 지옥 같은 삶을 살았다. 성안에 함바집을 지어 공동으로 생활했는데, 말이 집이지 겨우 지붕으로 하늘만 가린 정도라 그 비참함은 이루 말할 수가 없었다. 4·3 유적지는 이러한 당시의 모습을 그대로 재현하고 있다.

일요일 아침이라 그런지 사람이 하나도 없고 사방은 고요했다. 경건한 마음으로 망루에 올라 사진을 찍고 돌아오는 길, 유적지 입구에서 빨간 잠바 차림의 아저씨 한 분을 마주쳤다. 맑고 진지한 얼굴빛이 당장이라도 4·3 항쟁에 대한 깊은 이야기를 들려줄 것만 같았다. 그렇다고 모르는 사람에게 먼저 말을 걸기 뭐해서 짧은 눈인사만 하고 나오려는데 아저씨가 갑자기 말을 걸었다.

"저기 연기 나는 거 보이죠? 쓰레기 소각장 같은데, 연기가 굴뚝에서 안 나고 그 밑에서 나네? 왜 그런지 혹시 알아요?"

전혀 예상치 못한 질문에 나는 당황했다. 4·3과 아무 관련이 없는 것은 물론이요, 이곳 사람도 아닌 듯했다. 김이 샌 나는 "글쎄요. 전 여기 안 살아서 잘 모르겠는데요"라고 얄밉게 대답하고는 몸을 돌렸다. 유적지의 정취에 빠져, 모르는 사람에게 제멋대로 너무 큰 기대를 한 모양이다.

3

아내에게 전화를 몇 번 걸었지만 받지 않았다. 어제 최용석 선생의 판소리극 〈달문, 한없이 좋은 사람〉 렉처 콘서트에 참석하곤 밤늦도록 뒤풀이를 했다더니 취해서 아직 자고 있는 모양이었다. 집으로 돌아와 글을 끄적이고 있는데 생각대로 써지지 않아서 괴롭던 찰나, 아내가 뒤늦게 전화를 걸어왔다. 뒤풀이 2차 장소는 감자탕집이었는데, 돼지고기를 싫어하는 아내는 김치에 소주를 마시느라 취했다는 이야기였다. 얼마 전 비건을 선언한 소설가 김탁환 선생도 고추 안주만으로 소주를 마셔 힘들었을 것이라고 했다. 오후 4시가 되자 다시 아내에게서 전화가 왔다. 이제 정상으로 돌아왔다고. 아내는 술을 많이 마신 다음 날 무조건 오후 4시가 지나야 컨디션을 완전히 회복한다. 거의 언제나 오후 4시다. 신기한 일이다. 그래서 아내와 나는 오후 4시를 '매직 아워'라고 부른다.

아이 맡기고 외출한 엄마처럼

전날의 과음으로 인해 '오후만 있던 일요일'을 지냈다. 남편이 옆에 있으면 걱정이 심할까 봐 숙취도 제대로 앓지 못한다. 전화로도 걱정이 한 보따리지만, 집에 있을 때처럼 따라다니며 끌탕을 하지는 않아 한결 편하다. 판소리 하는 소영이가 혼자 공연을 보러 온 나를 보고 친정에 아이 맡기고 혼자 외출한 엄마 같다고 했다. 시원해 보이기도, 쓸쓸해 보이기도 한다면서. 정확한 표현이다.

늦게 대학로에 나와 고은정 선생님과 미팅을 하고 진도 씻김 굿을 보았다. 육자배기를 듣는데 눈물이 쏟아지려 해서 혼났다.

자주 씻는 남편, 덜 씻는 아내

씻으려 물을 트니 온수 방향에서도 찬물만 콸콸 나온다. 사람이 그러하듯 물건도 오래 사용하면 여기저기 부품이 하나씩 고장 나기 마련이다. 네 해째 겨울을 맞이하는 기름보일러에도 그런 시기가 찾아온 모양이다. 서비스센터에 전화를 걸어 수리를 요청하고 출근했다.

출근길 버스 정류장 앞에서 남편에게 전화를 걸었다. 보일러 상태를 얘기한 뒤 오늘 머리를 못 감은 지 사흘째라고 하니, 자기는 아침마다 감는데 어떻게 사흘 동안 머리를 안 감을 수 있느냐고 놀린다. 나는 "어제는 일요일이었으니 머리를 감을 필요가 없었다"는 논리로 지지 않고 맞섰다.

나는 평균의 사람들보다 씻기를 싫어한다. 남편은 지나치게 자주 씻는다. 씻지 않고 자려는 나를 남편은 더럽다며 놀리고, 나는 '너무 자주 씻지 않는 것이 내 매끈한 피부의 비결'이라 대꾸한다. 집에 돌아와 피곤이 마구 몰아칠 때는 정말이지 씻고 싶지 않다. 씻으면 피곤이 날아가니까, 그럼 잠드는 시간도 늦어져 버리니까. 반면 남편은 씻으며 피로를 풀어야 개운해서 더 잠을 잘 자게 된다고 한다.

이런 우리의 차이는 목욕탕에 머무는 시간에서도 확연히 드러난다. 나는 씻고 외출 준비까지 고작 15분에서 20분이면 되는 반면 남편은 씻고 볼일을 보고 또 씻고를 반복한다. 다른 집에선 남편이 준비를 마치고 아내를 기다린다는데, 우리 집은 완전히 반대인 것이다. 그렇다고 남편이 엄청난 멋쟁이인가 하면 그건 또 아니다. 남편의 패션 센스는 거의 테러 수준이다. 색깔 조합을 무시하는 것은 기본이요, 소재에 대한 개념도 없다. 그래서 대체로 내가 옷을 챙겨주어야 한다. 본인도 그게 편한지 가끔 이렇게 입으면 되느냐고 내게 묻기도 한다. '패알못'의 허술한 센스는 이번 제주 여행에서도 여실히 드러났다. 한 달 치 옷을 싸는데 계절도, 제주 날씨도 고려하지 않고 여름 티셔츠와 얇은 겉옷만 챙기는 게 아닌가. 너무 얇은 옷만 가져간다고 잔소리를 했더니 충분하다고, 자신은 추위를 안 탄다고 했다. 까칠하게 핀잔을 주긴 하지만, 사실 나는 남편의 이런 무던함이 참 좋다.

　그건 그렇고, 사실 남편이 있어도 온수가 안 나오면 내가 해결해야 한다. 보일러에 문제가 생겼다는 말을 들으면 일단 남편도 걱정을 하긴 하는데 그렇다고 뭔가 해결책을 내놓지는 않는다. 내일 오후에는 보일러 수리 기사가 올 것이고, 온수는 다시 콸콸 나올 것이다.

평균 이하로 태어나도
평균의 삶을 누릴 수 있도록

아침에 일어나 샤워를 하다가 욕실 안에 있는 플라스틱 동글 걸상 위에 주저앉아 발을 꼼꼼히 닦으며 생각했다. 발이 참 작구나. 나는 다른 사람들에 비해 덩치도 작은 편이지만 그중에서도 손발이 유난히 작다. 그래서 군대 가서도 발에 맞는 군화가 없어 늘 곤란을 겪었다. 발길이 245mm. 대한민국 남자 평균 발 사이즈가 270 정도 된다고 치면 나는 분명 기준 미만이다. 한 군대 선임은 "군화는 작으면 볼품이 없어. 잘 빠진 군화 신으려면 발이 270은 돼야지"라고 자랑스럽게 말했다. 어이가 없었다. 그러나 "그럼 나한테 어쩌란 말이에요, 김 병장님이 내 발 사이즈 키워주시기라도 할래요?"라고 말할 수는 없었다. 그 사람은 나를 때리거나 불이익을 줄 수도 있는 사람이었고 실제로 종종 그런 적도 있었으니까. 예전에 대학 동아리에서 군 복무 시절 "이 새끼가 어디서 눈을 똥그랗게 뜨고 쳐다봐?"라는 선임의 말에 "그럼 눈을 세모나게 떠요?"라고 했다가 몇 대 맞았다는 후배 얘기를 들은 적도 있었다.

'슈퍼 땅콩'이라는 별명으로 유명했던 골프선수 김미현의 인터뷰가 생각난다. 당시 광고대행사에서 카피라이터로 일할 때 무슨 땅콩바의 광고모델이었기 때문에 그의 인터뷰 기사들을 찾아 읽었는데, 한국의 기자들이 "오늘 반바지 입고 나왔냐?", "김미현 선수는 반바지 사서 입으면 긴 바지 되는 거 아닌가?" 등의 질문을 농담이랍시고 하는 바람에 아주 미치겠다는 것이었다. 외국에서는 그런 말을 들어본 적이 없는데 유독 한국에서만 그런 질문을 듣는다는 것이었다. 그때가 1990년대 말이었으니 지금에 비하면 엄청 '촌스러운' 시절이긴 했다. 설마 지금도 그런 질문을 하는 기자는 없을 것이다. 하지만 아직도 평균 이하의 삶을 대하는 우리의 자세는 얼마나 나아졌는지 생각해 볼 필요는 있다.

남들보다 가난하게 태어나서, 남들보다 예쁘지 못해서, 남들보다 공부를 못해서 받는 불이익은 얼마나 많은가. 우리나라에서 그 차별과 손해를 이겨내려면 얼마나 많은 노력을 해야 하는가. 나는 크게 노력하지 않아도 누구나 기본적인 삶을 누리며 살 수 있는 곳이야말로 좋은 사회라고 생각한다. 물론 남들보다 못한 인간성을 가진 사람까지 잘사는 세상을 바라진 않는다. 그런 사람들은 정말 망하길 바라지만 내 의도와는 상관없이 늘 승승장구한다는 게 문제다.

아름다운 제주에 내려와 아침부터 이 무슨 쓸데없는 생각인가 잠깐 반성을 했다. 스트레스 많기로 유명한 월요일 아침이다. 더구나 호사다마, 일이 많다는 11월 11일이다. 그러나 월요일도 오전만 지나가면 또 금방 간다. 다행히 월요일은 일주일 중 딱 하루뿐이다. 희망을 갖자.

이중 외박

1

일요일 밤은 늘 심란하다. 회사를 그만둬서 출근할 일이 없는데도 그렇다. 지난 일요일에는 책을 좀 읽다가 그만 잘까 했는데, 나도 모르게 긴 한숨이 흘러나왔다. 오후에 농협 ATM기에서 현금을 찾으며 확인했던 통장 잔고의 숫자가 떠올랐기 때문이다. 유튜브로 재미도 의미도 없는 영상들을 건성으로 보다 끄고, 다시 켜기를 반복하다 2시가 다 되어서야 겨우 잠이 들었다.

월요일 아침에 일어나 아내에게 전화를 걸었다. 보일러가 고장 나서 뜨거운 물이 안 나온단다. 일단 고양이 세수라도 하고 출근하라고 했더니, 어제도 머리를 안 감아서 오늘은 회사에 가서라도 감을 생각이라고 했다. '역시 집안엔 남자가 있어야 해'라고 생각……하고 싶었으나, 평소 뭐가 고장 나면 아내가 알아서 다 고치고 나는 구경만 했으니, 내가 할 말은 아님을 금세 깨달았다.

2

영화 〈벌새〉에 출연한 배우 이승연이 월요일쯤 이쪽으로 온다고 했었다. 함께 여행 중인 지인들이 곶자왈에 가보고 싶다고 했으니, 내 숙소와 가까운 숲길을 한번 안내해 달라는 것이었다. 오전 내내 글쓰기에 푹 빠져 있던 나는 문득 그 생각이 나 승연에게 연락을 했다. 자신은 감기에 걸려 어제 아무것도 안 하고 쉬었는데, 같이 지내는 두 사람이 새벽까지 술을 마시는 바람에 지금은 혼자 그들이 깨어나길 기다리고 있다는 답이 돌아왔다. 다행히 감기는 이제 웬만해졌다고. 나는 급할 게 없으니 점심 먹고 오후에 천천히 움직이라고 했다.

오후 4시경, 글을 쓰고 있는데 갑자기 승연으로부터 거의 다 왔다는 카톡이 왔다. 급작스러운 연락에 대충 세수만 하고 모자를 눌러쓴 채 뛰어나갔다. 승연과 함께 온 이들은 연극·영화 분야에서 활동 중인 K라는 남성과 Y라는 여성이었다. K씨와는 악수를 나누며 반갑게 인사했지만, Y씨는 숙취가 남았는지 뒷좌석에 앉아 자고 있었다.

'동백동산 습지보호구역'이라 쓰인 숲 입구에 차를 멈추자 뒤늦게 깨어난 Y씨가 인사가 늦어 미안하다며 악수를 청해왔다. 통성명을 하고 다 함께 동백나무가 빽빽이 우거진 숲길을 걸었다. 아직 술기운이 덜 깨서 걷는 게 쉽지 않아 보이던 Y씨는 K씨에게 자기 손을 잡고 걸어달라고 했다. 승연은 K선배가 여자 손을 잡고 걷는 건 처음 본다며 놀렸지만, 손을 잡고 걷는다고 다 사귀는 것도 아니고 여자가 남자에게 충전을 받으며 걷겠다는데 우리가 반대할 일은 아니었다. 앞으로 K씨를 '미스터 충전기'로 부르자는 내 제안에 세 사람은 손뼉을 치며 좋아했다.

한 시간 정도 천천히 숲길을 걷다 차를 세워둔 곳으로 돌아왔다. 누군가와 계속 카톡을 주고받던 승연이 내게 소고기를 좋아하느냐고 물었다. 제주도에 사는 배우 박혁권 선배를 만나기로 했는데 한우집으로 오라고 했다는 것이다. 우리는 K씨의 차를 타고 송당에 있는 '한울타리 한우'로 향했고, 시계가 정확히 7시를 가리켰을 때 박혁권 씨가 나타났다. 내가 그를 처음 본 것은 윤성호 감독의 독립영화에서였다. 이후 JTBC 드라마 〈밀회〉에서 김희애 씨 남편을 연기하면서 더 유명해진 그는 2년쯤 전부터 제주도에서 혼자 살고 있다고 했다.

이 집 단골이라는 박혁권 씨가 안쪽 매장으로 들어가 치맛살, 살치살 등 소고기를 부위별로 사 오더니 시원시원한 솜씨로 구워냈다. 어제 과음을 한 Y씨는 소주를 못 마시겠다며 맥주를 마셨고, 박혁권 씨와 K씨는 운전 때문에 술을 삼갔다. 결국 둘이서만 소주를 마시게 된 나와

승연은 조금도 기죽지 않고 연거푸 한라산 소주를 들이
켰다. 물론 박혁권 씨가 구워주는 고기도 냉큼냉큼 집어
먹었다.

박혁권 씨는 고기를 정말 잘 구웠다. 서울에서 사람들
이 찾아오면 늘 여기로 데려와서 고기를 구워준다고 했
다. 그러면서 꼭 운전 때문이 아니더라도 요즘은 술을 두
달에 한 번만 마신다는 말을 덧붙였다. 그렇게 정해놓고
술을 마시며 흐트러지지 않는 생활을 유지하는 듯했다.
퇴직 후 얼마간 금주를 해본 나도 사람에겐 때로 그런 절
제가 필요하다는 데 의견을 같이했다.

오래전 CGV 압구정점을 지나다 우연히 본 〈계몽영
화〉 얘기를 꺼냈더니 박혁권 씨도 반가워했다. 나는 그의
아내로 나온 배우 오연아의 연기가 마음에 들었는데 그
후로 다른 데서 본 적이 없어 아쉽다는 이야기도 했다. 아
무런 사전 정보 없이 본 것치고 너무 괜찮은 작품이었다
는 소감까지 덧붙이자 승연이 "오빠, 그 영화는 이미 독
립영화계의 전설이에요"라며 웃었다.

3

고깃집을 나와 박혁권 씨와 헤어진 우리는 K씨의 집에
서 한잔 더 하기로 했다. K씨 혼자 지낸다는 이층집은 꽤

넓었고, 우리는 오래된 친구들처럼 낄낄거리며 술을 마셨다. 이미 술에 취해 발음이 조금씩 새고 있었던 나는 새벽 1시쯤 술잔을 하나 떨어뜨려 깨고 말았다. 그 바람에 K씨가 아닌 밤중에 진공청소기를 돌리는 곤욕을 치렀다.

아침 9시 반쯤 눈을 뜨니, 나 혼자 넓은 침대에 누워 자고 있었다. 청바지를 입은 채 잠들긴 했지만 신용카드와 손수건, 안경 닦는 수건, 스마트폰을 한곳에 잘 수습해 둔 걸 보니 인사불성은 아니었던 모양이다. 집을 나와 낯선 곳에서 지내는 주제에 또 외박을 하다니. 그럼 이건 이중 외박이란 말인가, 생각하며 혼자 쓴웃음을 지었다.

거실에 나가보니 코 고는 소리가 크게 들려왔다. 예술인 중 일찍 일어나는 이는 고기 먹는 스님만큼이나 드물다. 고맙게 잘 먹고 잘 자고 간다는 말을 써놓으려고 집 안을 뒤져보았으나 어디서도 펜과 종이를 찾을 수 없었다. 한참 헤맨 끝에 Y씨 배낭에서 겨우 볼펜을 찾아, 전기요금고지서 봉투 귀퉁이에 짧은 메모를 남기고 나왔다.

4

조금만 나가면 바다가 보이는 평대리였다. 지도 앱으로 평대초등학교 앞에서 버스가 선다는 것을 확인한 나는 밭일 중인 할머니에게 이리로 가면 초등학교가 나오는 게

맞느냐고 물었다. 할머니가 뭐라 뭐라 소리를 치며 알려 주셨지만, 제주도 사투리가 너무 심해서 한 마디도 알아들을 수가 없었다. 왼쪽으로 가라는 건지 오른쪽으로 가라는 건지도 모를 지경이었다. 나는 다시 지도 앱을 열고 초등학교를 찾았다. 멀리 바다가 넘실대는 게 보였다.

막상 초등학교 정문 앞에 서자, 그리 급한 일도 없는데 좀 느긋하게 바다를 구경하다 가자는 생각이 들었다. 배도 무척 고팠다. 천천히 걸으며 음식점을 찾던 중 아내에게서 전화가 걸려왔다. 수리 기사가 방문하자 갑자기 보일러가 정상으로 작동했다는 소식이었다. 고장 난 컴퓨터를 수리센터로 보내면 갑자기 멀쩡하게 작동하는 것과 같은 현상이었다. 우리는 깔깔 웃으며 사사건건 우리를 배신하는 세상의 물건들을 규탄했다. 전화를 끊고 아침 식사 장소로 '대수굴식당'을 골랐다. 시원한 성게 미역국을 주문해 국은 물론 밥풀 한 알까지 싹싹 비웠다. 역시 제주도는 성게 미역국 아니겠는가.

집까지는 한 번의 버스 환승이 필요한데, 갈아타는 곳이 마침 지난번 왔던 하나로마트 근처였다. 손톱깎이나 하나 살 요량으로 마트 안으로 들어갔으나 어쩌다 보니 토마토도 한 상자, 인스턴트커피도 종류별로 세 병이나 담았다. 사골국을 주문해 놓은 게 생각나서 떡국용 쌀떡도 한 봉지 골랐다.

어느새 불룩해진 비닐봉지를 들고 버스에 올랐는데 가만 보니 거꾸로 가는 버스였다. 나는 잘못 탔다고 급히 소리쳤고 버스 안 할머니들은 그런 나를 진정시켰다. 그냥 앉아 있으면 좀 오래 걸리긴 해도 결국 목적지로 간다는 이야기였다. 배차 간격도 넓으니 그냥 이 버스를 타고 돌아가는 게 낫겠다는 생각이 들었다. 술이 덜 깬 상태로 욱, 욱, 멀미를 하며 한참을 달려 겨우 집으로 돌아왔다.

샤워를 마치니 어느덧 오후였다. 책도 눈에 들어오지 않고, 글도 써지지 않았다. 유튜브로 플랭크하는 법을 검색해 1분 동안 따라 하다가 거실에 쭉 뻗어버렸다. 저녁을 먹은 후에는 밖에서 빠른 걸음으로 10여 분 걷다 돌아왔다. 좀 어두운 거리였는데, 나보다 빠르게 걷는 여자분이 갑자기 앞으로 휙 나타나는 바람에 기절할 뻔했다. 이렇게 하루 같은 이틀이 지나갔다.

걱정도 Out of sight, out of mind

남편은 전날 외박을 했단다. 제주에서 승연과 승연의 동료들을 만나 술을 마시다 일행의 집까지 몰려가서 이어 마셨다는 것이다. 서울에서라면 잔소리를 했겠지만 어쩐지 신경이 덜 쓰였다. 어차피 해장 음식을 준비해 줄 수 없고, 달리 챙겨줄 방법도 없으니 그런가 보다.

한라산 마시며
소설 읽는 저녁

헷갈리는 띄어쓰기가 있어서 검색을 하다가 아예 〈편수 자료 (1편)_교과용 도서의 표기·표현 사례〉라는 자료를 PDF로 다운받아 읽었다. 띄어쓰기의 세계는 오묘하다. 예를 들어 대한중학교는 '대한 중학교'가 원칙이지만 '대한중학교'처럼 붙여 써도 된다. 인천국제공항도 '인천 국제공항'이 맞지만 다 붙여 써도 무방하다.

나를 괴롭힌 것은 알프스 산맥은 띄어야 하지만 나주 평야는 붙여야 한다는 사실이었다. 우리말 앞에 외래어가 오면 띄우고, 한글이나 한자가 오면 붙이기로 정했기 때문이다. 까닭을 알기 힘든 이 비일관성 앞에서 나는 짧게 절망했다(알고 보니 2018년 개정된 맞춤법에 따르면 이젠 둘 다 붙여쓰기가 원칙이라고 한다).

날씨가 흐리더니 비가 조금씩 내리기 시작했다. 거실에서 플랭크 자세를 1분간 취하고 바닥에 쓰러졌다가, 밖으로 나가 15분 정도를 빠르게 걸었다. 어쩐지 하루 종일 아무와도 말을 섞지 않을 것 같다는 예감이 들었다. 집으로 들어와서 '공처가의 캘리'를 하나 썼다.

'공처가는 공포영화 대신 아내의 눈치를 본다.'

공포영화를 소재로 삼은 건, 무슨 이유에서인지 시나리오 작가 케빈 윌리엄슨이 생각났기 때문이다. 국경의 한 싸구려 호텔에서 틀어주는 영화를 보다가 '저런 각본은 나도 쓸 수 있겠다'라는 생각에 그 자리에서 시나리오를 쓰기 시작했다는 그는 잘하면 5천 달러는 받을 수 있겠다는 계산으로 그 작품을 영화사에 돌렸다. 그런데 웬걸, 시나리오는 50만 달러에 팔렸고 케빈 윌리엄슨은 일약 스타 작가가 되었다.

이 전설 같은 이야기 속 시나리오는 웨스 크레이븐 감독의 〈스크림〉이다. 스크림의 히트 이후 윌리엄슨은 〈나는 네가 지난여름에 한 일을 알고 있다〉, 〈패컬티〉 등을 집필하며 젊은 관객들의 지지를 받는 흥행 시나리오 작가가 되었다. 나는 개인적으로 그에게 고마운 마음을 가지고 있다. 어떤 모기약 광고에 '나는 네가 지난여름 모기에 물린 사실을 알고 있다'라는 카피를 써서 광고주의 칭찬을 받았으니까.

어느 소설가가 쓴 에세이를 조금 읽었다. 한창 잘 쓸

때의 소설은 좋았는데 산문집은 읽는 건 너무 힘들었다. 십여 년 전에 나온 책이라 그렇기도 하겠지만, 내가 봤던 영화나 TV 프로그램에 대한 리뷰들이 너무 별로였다.

마음에 들지 않는 글을 읽어 에너지가 떨어질 때는 잘 쓴 글로 기분을 다스려야 한다. 이런 경우 에세이보다 소설이 좋은데, 생각하며 전자책을 뒤지다 앨리스 먼로의 연작 소설 《거지 소녀》(문학동네, 2019)를 찾아냈다. 소설가 김탁환 선생이 추천해 준 작품으로 시간에 쫓겨 읽다 만 상태였고, 멈춘 곳이 마침 표제작 〈거지 소녀〉였다.

'패트릭 블래치퍼드는 로즈를 사랑했다.'

소설은 이렇게 시작된다. 로즈는 이 소설의 주인공으로, 아버지는 죽고 아버지와 재혼한 새엄마 플로, 그리고 그의 정부 빌리포프 사이에서 자랐다. 운 좋게 장학생으로 대학에 입학한 그녀는 도서관 아르바이트를 하다가 패트릭이라는 부유한 청년과 사귀게 된다. 패트릭은 아버지가 상점 몇 개를 갖고 있다고 했지만, 알고 보니 백화점 체인을 소유한 거부 집안의 아들이었다.

헨쇼 박사라 불리는 70대 노파 집에 얹혀살며 토마스 만과 톨스토이를 읽던 로즈. 그녀는 밴쿠버섬에 있는 패트릭의 집을 방문하면서 온갖 곤란을 겪는다. 튜더 양식을 비롯한 다양한 건축 양식이 뒤섞인 대저택을 본 순간,

그녀는 장소가 사람을 질식시킬 수 있다는 것을, 숨을 막아 생기를 완전히 빼앗을 수 있다는 것을 처음 깨닫는다. 또한 스코틀랜드 출신 상류층에겐 'Scotch'도, 'Scottish'도 아닌 오직 'Scot'이라는 표현만 허용된다는 사실도 배운다. 앨리스 먼로는 가난한 소녀가 선보러 간 부잣집에서 마주하는 기만과 굴욕을 잔인하고 교활하게 그려내 독자로 하여금 역설적인 쾌감을 느끼게 한다.

단편을 다 읽고 뿌듯한 마음에 김치볶음밥을 만들어 반주를 곁들였다. 그러다 아내에게 전화를 했더니 대번에 술 마셨냐고 묻는 게 아닌가. 소주 반병을 마셨을 뿐인데 이미 혀가 꼬부라졌다는 아내의 과장에 어안이 벙벙했다. 어쨌든 한라산을 마시며 소설을 읽는 흐뭇한 저녁이었다. 아니, 소설을 읽은 후에 술 마신 걸 아내에게 들킨 저녁이라고 해야 하나? 아무튼 억울하다. 한라산 한병도 다 못 마셨는데.

아이템도 못 쓰는 여자

지난밤 잠을 설쳤다. 나는 매우 단순한 인간이기 때문에, 내가 잠을 설치는 이유는 매번 비슷하다. 그 점에선 남편도 별반 다르지 않다. 우리 부부는 현재 백수나 다름없다. 남편은 5월부터 실업 상태이며, 나는 2017년 퇴사 후 사업자를 내긴 했으나 개점휴업 상태다. 한마디로 딱히 먹고살 대책 없이 지낸다는 말이다. 잠을 쿨쿨 잘 자면 그게 이상한 상황이다.

그러다 요즘 종종 하는 게임에까지 생각이 미쳤다. 한동안 카카오에서 나온 퍼즐 게임을 했다. 게임 방법은 매우 단순하다. 30분마다 하트가 생성되고 하트 하나로 실패할 때까지 플레이하면 된다. 이런 단순한 퍼즐게임에도 돈을 써서 게임을 확장하는 다양한 장치가 있다. 나는 돈도 쓰지 않고, 게임을 확장하는 요소에도 관심이 없다. 다소 고집스럽게 주어진 것만 활용해 게임을 하는 편이다. 둘째 언니가 애니팡 아이템을 사느라 돈을 썼다는 말을 듣고는 이해할 수 없다며 언니를 놀리기도 했다.

최근 시들해진 카카오 게임 대신 캔디크러쉬를 다시 시작하면서, 내가 혹시 인생도 이렇게 고지식하게 살고 있는 것은 아닌가 하는 의문이 들었다. 힘들 땐 아이템도 적당히 쓰고, 타인에게 하트도 좀 달라고 졸라야 하는 것은 아닐까. 정말 급할 땐 약간의 속임수를 써서라도 고비를 넘겨야 하는 게 아닐까. 게임처럼 인생도 연마를 통해 나아지면 좋으련만, 그렇지 않다는 것을 알아버린 나는 그냥 게임을 하며 위로나 받기로 한다.

아침부터 두 차례의 미팅을 하고, 오후엔 헤드헌터로 일하는 친구 영연 씨를 만나 수다를 떨었다. 마음이 편했지만 한편으론 더 쓸쓸해졌다. 내가 가장 좋아하는 11월, 비가 내리고 바람이 부는 날씨였다.

유리를 깨지 않아
다행이에요

1

서울의 기온이 영하로 내려갔다고, 아내가 전화로 알려왔다. 제주에도 바람이 불고 좀 추워졌다. 수능 날이면 어김없이 추워지는 게 신기하다.

전에 써 놓은 원고들을 이리저리 고치기도 하고 목차에 맞게 배열도 하면서 오전을 다 보냈다. 지금 이 순간, 이 넓은 집에서 나 혼자 활개 치고 다닐 수 있고 또 내 마음대로 뭐든지 할 수 있다는 게 새삼 고맙고 즐거웠다. 글을 쓰다가 스마트폰으로 브런치에 잠깐 들어가 보니 〈A4 용지와 한우 등심〉과 〈시외버스와 고기국수〉가 메인 페이지에 올라 있었다. 아무래도 '제주에서 한 달 살기'라는 테마는 사람들의 부러움을 불러일으키는 주제인 듯하다.

점심을 먹으며 왓챠플레이로 〈멜로가 체질〉을 잠시 보았다. 서울에서도 그렇지만 여기서도 상을 차리거나 밥을 먹을 때면 한국 방송 콘텐츠(자막이 없어도 되니까)를 무심하게 틀어놓는다. 이병헌 감독의 이 드라마는 TV로 띄엄띄엄 보던 작품이었는데 입심 좋은 주인공들이 티격태격하는 대사들이 매력적이다.

설거지까지 마치고 이런저런 글을 좀 써보다가 다시 왓챠플레이에 들어갔는데, 리스트 중 〈그레이의 50가지 그림자〉가 눈에 들어왔다. 엄마들의 포르노라는 소릴 들은 영화가 야해 봐야 얼마나 야할 것이며 내용도 그저 그럴 것이라는 생각에 지금까지 눈길 한번 주지 않던 작품이다. 그런데 오늘은 그 뻔한 예상에도 불구하고 흥행에 성공한 것은 물론, 두고두고 화제가 되었던 이유가 따로 있지 않을까 하는 기대가 문득 생겼다.

시애틀의 거대한 빌딩 앞에 선 아나스타샤. 대학생인 그녀는 몸살이 난 룸메이트 대신 인터뷰를 하기 위해 이곳에 왔다. 오늘의 인터뷰이는 27세의 억만장자 크리스천 그레이다. 촌스러운 카디건에 꽃무늬 남방을 받쳐 입고 사장실로 들어선 아나스타샤는 완벽에 가까운 그레이의 아우라에 눌려 제대로 인터뷰를 진행하지 못한다. 버벅대는 그녀에게, 그레이가 관심을 보이며 묻는다. "영문학을 전공했다고 들었는데 그렇다면 샬럿 브론테, 제인 오스틴, 토머스 하디 중 누가 당신을 문학으로 이끌었나요?" 아나스타샤는 겨우 대답한다. "하디."

흥미로운 전개다. 마음의 여유가 없어서 잠시 멈추고 나중에 이어 보기로 했지만, 일단은 세련된 콘텐츠 냄새가 났다. 왓챠플레이에 달린 감상평 몇 개를 읽어보니 음악이 아주 괜찮다는 칭찬이 많았다. 시간 날 때 천천히 감상해야겠다.

2

장류진의 소설집 《일의 기쁨과 슬픔》을 다운받아 읽고 싶어서 그제 갔던 카페에 다시 들렀다. 뜨거운 아메리카노를 시켰더니 오늘도 비알레떼 포트에 가져다준다. 책을 내려받아 리디북스 단말기로 읽기 시작했다. 표제작은 두 번째로 실려 있었고, 첫 번째 단편은 〈잘 살겠습니다〉였다.

이 소설은 청첩장을 돌리는 여자 주인공의 이야기로 시작한다. 사내 비밀연애 중이던 주인공은 딱 결혼식에 올 만한 사람들에게만 청첩장을 돌리고 있었는데, 별로 친하지도 않은 입사 동기 빛나 언니가 청첩장을 달라고 하면서 작은 갈등이 야기된다. 빛나 언니는 생머리를 부담스러울 정도로 길게 기르고 다녀서 총무과 라푼젤이라 불린다. 게다가 회장을 비롯한 회사 전체 구성원에게 실수로 전체 메일을 전송하는 바람에 전체 회신녀라는 별명까지 얻었다. 한마디로 눈치 없고 어디 한 군데가 비어 있는 사람이다. 그에 비하면 주인공은 악착같고 계산이 분명하다.

청첩장에 얽힌 짧은 이야기지만, 이슈가 분명하고 딴 데로 새지 않아 읽는 재미가 좋다. 문장을 다루는 솜씨도 보통이 아니다. 스타트업 회사원들의 웃지 못할 사연을 그려낸 〈일의 기쁨과 슬픔〉으로 '판교 리얼리즘의 창시자'라는 찬사를 받으며 화제가 되었던 작가답다. 사람 사이의 친밀도를 '축의금 5만 원 정도의 사이'라고 표현하는 대목에서는 통찰력 있는 소설가의 기지가 돋보인다. 작가의 말을 읽어보니 오래전부터 남모르게 계속 소설을 써왔던 사람이었다. 하늘에서 떨어진 천재가 아니라서 더 믿음이 간다.

한참 소설을 읽고 있자니 출출해졌다. 혹시 요기할 빵이 있느냐고 물었더니 사장님이 따듯하게 구운 빵을 조청과 함께 가져다주었다. 맛이 좋았지만 5시 반에 가게 문을 닫는다니 서둘러 먹고 일어나야 했다. 커피와 빵까지 만천 원인데 지갑을 살펴보니 만 원짜리 한 장뿐이었다. 계산대 앞에서 내가 만 원짜리 한 장과 카드를 함께 꺼내자 사장님이 천 원을 깎아주었다. 나는 사장님에게 고맙다고, 다음 주에 천 원을 가져다드리겠노라고 말하며 몸을 문밖으로 돌렸다.

쾅! 유리문과 머리가 충돌했다. 당연히 열려 있는 줄 알고 전속력으로 걸어가다 그대로 부딪힌 것이다. 사장님이 어쩔 줄 몰라 하며 잠시만 앉았다 가라고 했지만, 너무 창피하고 경황이 없어 미안하다는 말만 남기고 골목으로 냅다 달려 나왔다. 유리문도 깨지지 않고 머리에서 피도 나지 않아서 그나마 다행이었다. 다음 주에 천 원짜리 한 장을 꼭 챙겨놨다가 사장님에게 드려야지 생각하며 집으로 돌아갔다.

압구정동에서 〈대부 2〉를
혼자 보던 정성일

〈그레이의 50가지 그림자〉를 시청하다 보니 몇 년 전 압구정동에 있는 극장으로 〈대부 2〉를 보러 갔던 날이 생각났다. 1972년도 작이었지만 프란시스 포드 코폴라의 팬들을 위한 특별 재상영 시간이 잡혔던 것이었다. 회사 일을 마치고 극장에 도착했을 때가 밤 10시 정도였는데 어디선가 많이 본 남자가 혼자 로비에서 서성거리는 게 보였다. 예전에 〈KINO〉를 발행한 적도 있는 영화 평론가 정성일이었다. 아, 저 사람 정도라면 이 영화를 다섯 번은 봤을 텐데 그래도 또 보러 왔구나. 혼자서. 영화와 단둘이 마주 서는 고독을 택한 그가 멋있어 보였다.

정성일이 "요즘 20대가 극장에 가서 영화를 보지 못하는 이유가 스마트폰을 두 시간 이상 꺼놓지 못하기 때문"이라고 한 말이 생각났다. 우리는 스마트폰이라는 모바일 기기를 통해 세상과 연결된 것일까, 아니면 스마트폰 때문에 고독과 단절된 것일까.

나는 일상의 반복을 멈추고 세상과 단둘이 마주하기 위해 제주도로 왔다. 혼자가 된다는 것, 고독을 선택한다는 것은 온 우주와 단독으로 만나는 시간을 갖는다는 것이다. 고독은 이다지도 관념적인 동시에 실존적인 개념이다.

나는 그동안 고독할 권리를 잃어버리고 살아왔다. 회사에 출근하면 월요일부터 주간업무회의를 하면서 삶의 빈틈을 없애버렸고 지친 일과를 마친 저녁 시간에 마시는 한잔의 술은 다음 날의 노동을 위한 짧은 휴식일 뿐이었다. 그러므로 저녁에 시간을 내서 책을 읽거나 영화·연극을 보는 것은 팔자 좋은 사람들이 하는 유흥처럼 느껴졌다. 진정한 자유는 하기 싫은 것을 안 하는 것이라 생각해 왔는데, 나는 지금 일할 필요가 없는 것은 물론 자기 싫으면 안 자도 된다. 다음날 아무 때나 잘 수 있기 때문이다. 이런 자유를 누리는 사람이 몇 명이나 될까 생각하며 마음이 뿌듯해졌지만 서울에 있는 아내를 생각하니 이내 우울해졌다. 내가 지금 여기서 이러고 있는 동안에도 아내는 일상의 고됨과 불투명한 미래를 걱정하며 지내고 있음을 잘 알고 있기 때문이다.

압구정동에서 본 〈대부 2〉는 새벽 1시 반이 넘어서 끝이 났다. 자신을 배신했던 형의 암살을 사주하고 깊은 고

뇌에 빠지는 마이클(알 파치노 분)의 모습이 묵직한 잔영을 남기는 영화였다. 평일 새벽 1시가 넘은 시간에 이렇게 영화 한 편을 보기 위해 서로 모르는 사람들이 모여 있다는 게 신기했다. 에리히 프롬은 그의 저서 《사랑의 기술》에서 집단 성행위나 마약 등이 모두 고독에서 벗어나기 위한 인간의 몸부림이라 간파한 적이 있다. 그에 비하면 영화를 보는 것은 얼마나 간단하고 건전한 일인가. 세상의 모든 예술 분야에서 유일하게 그 시작점이 알려진 (1895년에 프랑스 뤼미에르 형제가 만든 〈열차의 도착〉이 인류 최초의 영화다) 영화라는 장르는 우리에게 '즐거운 고독'을 선사하는 친구다. 모든 영화는 불이 꺼진 상태에서 혼자인 관객에게 이야기를 투영하기 시작하기 때문이다. 혼자 있는 제주의 밤은 그런 면에서 영화를 닮았다.

기온이 영하로 내려간 수능일

열흘째다. 독립적인 인간이 되고 싶은데 쉽지 않다. 적막한 밤엔 차라리 정신이 산만해지도록 술이라도 마시고 싶지만, 우리 집엔 보관용 술이 없다. 그렇다고 왕복 15분이 걸리는 편의점에 다녀올 성의도 없다. 그냥 적당히 뒤척이다 잠이 들었다.

새벽엔 늘 순자가 잠을 깨운다. 깨우는 것인지 이미 잠이 깬 나를 알아보는 것인지 확실치는 않지만, 내가 깼다 싶으면 귀신처럼 알고 내 가슴팍으로 올라온다. 오늘 아침에는 모로 누운 내 팔 위에 묘기하듯 올라앉았다. 모로 누웠는데도 올라온 것은 처음이다.

오늘은 수능 날이다. 내가 학력고사를 본 날은 눈이 내렸다. 엄마가 시험 잘 치고 오라고 도시락을 들려주며 택시까지 불러주었다. 오늘처럼 추웠던 그날, 나는 무덤덤한 기분으로 시험을 치렀다. 점수를 넉넉하게 남겨두고 학교와 학과를 지원했던 터라 떨어질 걱정은 전혀 하지 않았다. 시험을 마치고는 눈을 맞으며 친구들과 대전 시내에 놀러 나갔던 기억이다.

내일이면 남편이 온다.

반가워 마시는 술

주말에 '독하다 토요일' 송년 모임이 있어 남편이 서울에 온다. 헤아리니 열 밤을 남편과 떨어져 잤다. 결혼 후 가장 긴 기간 따로 지낸 밤들이다. 남편 없는 밤에 조금씩 적응하고 있었는데, 이삼일 지내다 제주로 가면 처음부터 다시 시작이다.

남편이 왔다. 좋아서 낮술을 마셨다. 비 내리고 바람 불어 술 마시기 좋았다. 남편은 턱에 수염을 길렀고 우린 쌓인 얘기를 나눴다.

여러모로 좋다

전날 반가운 마음에 술을 엄청나게 마시고 잠이 들었다. 반가 우면 얼굴을 들여다봐야 하는데 우린 술을 마신다. 술로 맺어진 인연이니……. 집에 온 남편은 쓰레기를 정리하고 설거지와 청소 를 한다. 여느 때처럼 순자의 밥과 물도 챙겼고 내가 아침에 먹을 캐비초크도 챙겨줬다. 남편은 여러모로 좋다. 독하다 토요일이 아니었다면 정말 한 달이나 생이별을 했겠지.

비 내리는 일요일의 이별주

일요일. 종일 비가 내렸다. 살짝 어두운 집 안에서 나는 스마트폰 게임을 하고 남편은 책을 읽고 글을 쓴다. 순자도 오랜만에 평온한 표정이다. 우리 둘이 있으면 늘 시선 안에 머물며 맘 편히 자는 순자. 나하고만 있을 때는 지금보다 덜 편안해 보인다.

오랜만에 길고양이 양오가 밥을 달라며 현관 앞에 앉아 있다. 3년 넘게 우리 집에서 밥을 먹는 녀석으로, 불과 두세 달 동안만 나타났던 다른 길고양이들(양일이부터 양사까지)과 비교하면, 꽤나 꾸준한 단골이다.

아무 데도 나가지 않고 남편과 아침, 점심을 해 먹었다. 저녁엔 만두를 구워 술을 마셨다. 이를테면 이별주다. 내일이면 남편은 다시 제주로 내려가 2주 정도 더 머물 예정이니까.

세븐일레븐 성북점과 성북문화점

1

책을 그렇게 많이 읽지도 않는 주제에 독서 모임을 하나 만들었다. 모임 이름은 '독(讀)하다 토요일'. 어느 해 연말이었던가, 우리 부부의 단골 카페 '성북동콩집'에서 1년간 읽었던 책들의 독후감을 몰아 쓰고 있었다. 그런 나를 지켜보던 아내가 혼자만 읽지 말고 한 달에 한 번씩 모여서 함께 책 읽는 모임을 하나 만들면 어떻겠냐고 물었다. 좋은 생각이라는 생각이 들었다.

그런 계기로 아내와 함께 주변 사람을 불러 모아 꾸린 모임이 '독하다 토요일'이다. 매달 두 번째 토요일 오후 2시에 모이기로 한 우리는 모임 이름을 '독한 토요일'로 정했다가 '독하다 토요일'이 더 낫겠다고 몇 시간 만에 마음을 바꾸었다.

이름을 바꾸는 건 어렵지 않았다. 아무도 반대할 틈이 없이 스피디하게 진행되었기 때문이다. 선정된 책을 한 시간 정도 묵독하고 3시부터 책에 대한 이야기를 조금 나누다가 얼른 술집으로 달려가는 이 모임을, 우리는 6개월 단위로 다섯 번째 시즌까지 이어왔고 이제 여섯 번째 시즌을 기다리고 있다.

시작하며 정한 모토가 '너무 열심히 하진 말자'였으므로, 처음에는 대충 책 얘기를 하는 척하다가 친목을 도모하고 헤어지는 모임이 될 것이라 예상했다. 그런데 막상 진행해 보니 의외로 회원들의 수준이 높고 열의도 남다른 것이었다. 똑같은 책을 읽었는데도 느끼는 점과 통찰하는 바가 각양각색이었다. 덕분에 나는 한국 소설에 대한 새로운 시각과 입체적인 해석을 풍성하게 얻어 가는 행운을 매번 누리고 있다.

금요일 오전 11시 비행기를 타고 서울로 올라왔다. 다음 날이 '독하다 토요일 시즌 3'의 마지막 날이기 때문이었다. 토요일에는 영등포 카페 '곁愛'에 모여 책에 대한 이야기를 나누고, '비덕 살롱'에서 맛있는 음식과 샴페인을 즐기며 뻑적지근한 송년의 밤을 보냈다. 같은 성북동 주민이자 '전직 옆집 총각' 동현과는 만섬포차에 들러 또 소주를 '각 일 병씩' 마시고 헤어졌다.

2

일요일 아침, 인터파크에 들어가 보니 월요일 제주행 항공편 중 27,400원짜리 제주항공 티켓이 있었다. 금요일에 올 때는 37,400원짜리 티웨이항공이었는데 기어코 더 싼 티켓을 찾아낸 것이다. 모처럼 성북동 소행성에서 빈둥빈둥 쉬던 나는 저녁때가 되자 밥 대신 냉동만두에 소주나 한잔하자고 아내를 꼬셨다. 종일 비도 내리고, 마침 센티멘털해진 아내도 평소와 달리 금세 넘어왔다. 만두를 프라이팬에 굽고 냉장고에 있는 소주를 꺼내 마시다가, 비를 뚫고 편의점까지 뛰어가서 소주 세 병에 냉동만두 한 봉지를 더 사 왔다. 산 걸 다 마셔 없애려고 한 것은 아니다. 나중에 나 없을 때, 아내가 한잔하고 싶은 저녁이 오면 꺼내 먹으라고 좀 넉넉히 사 온 것이다. 이내 술에 취한 우리는 재미없는 TV를 보며 투덜대다가, 죄 없는 고양이 순자를 괴롭히며 놀다가 양치질도 못 하고 그대로 뻗어 잠이 들어버렸다.

3

아침에 일어나 쓰레기 정리를 좀 하면서 음식물 쓰레기도 처리했다. 이제껏 분리수거는 내 담당이었으니 다시 제주도로 내려가기 전에 약간이라도 갈무리를 해둔 것이다. 늦은 아침을 먹고 짐을 싸던 나는 문득 국민카드가 안 보인다는 사실을 깨달았다. 메인 카드로 쓰는 것인데 아무리 찾아도 없었다. 어제 마지막으로 쓴 게 편의점일 텐데. 그렇다면 트레이닝 바지 주머니에 있어야 하는데. 혹시 윗도리 주머니에 넣었나? 지갑에 넣었나? 마루의 옷장 밑으로 들어갔나?

꼬박 한 시간 동안 나는 짐 싸기를 멈추고 카드를 찾느라 한숨을 내쉬며 씩씩거렸고, 그런 나를 지켜보던 아내의 분노가 마침내 폭발했다. 그러니까 제발 지갑에 넣어서 가지고 다니라고, 그렇게 여러 번 잃어버리면서도(이 카드도 한 달 전쯤 재발급을 받은 카드였다) 또 카드 한 장만 달랑 들고 나갔었냐고 입에서 불을 뿜었다. 면목도, 할 말도 없었지만 가장 큰 문제는 끝끝내 카드가 없다는 것이었다. 혹시 편의점에 놔두고 온 것은 아닐까 싶어 지도 앱으로 근처 세븐일레븐을 검색했더니 성북점이 나왔다. 전화를 걸어 혹시 어젯밤 손님이 흘리고 간 국민카드가 있느냐고 물었다. "삼성카드, 현대카드는 하나씩 있는데 국민카드만 없네요"라는 절망적인 대답이 돌아왔다. 전화를 끊자 한숨이 나오고 기운이 쪽 빠졌다. 일단 그동안 지갑 안에 존재감 없이 꽂혀 있기만 했던 우리카드를 쓰기로 하고 길을 나섰다.

아내와 성북동 10길을 내려오다가, 그래도 혹시나 하는 마음으로 어제저녁 냉동만두와 소주를 사 왔던 편의점 안으로 들어갔다. 직원 여자분에게 아까 통화했던 사람이라고, 혹시 전달받은 신용카드가 있느냐고 물었더니 자기는 통화를 한 적이 없다는 것이다. 분명 나와 통화를 했음에도 불구하고 부인하는 직원의 태도가 이상했지만 어쨌든 누가 두고 간 국민카드가 있는지 찾아봐 달라고 다시 한번 부탁을 했다. 직원은 금고 옆에 있던 신용카드를 집어 들고 물었다. "이거예요?"

그거였다. 내 카드였다. 기쁘면서도 황당했다. "아니, 있는데 아까는 왜 없다고 하셨어요?"라고 물으니, 재차 나와 통화를 한 적이 없다고 하는 것이었다.

밖으로 나와 다시 휴대폰을 꺼내들고 지도를 검색하고서야 비로소 모든 의문이 풀렸다. 내가 카드를 잃어버린 곳은 '세븐일레븐 성북점'이 아니라 '세븐일레븐 성북문화점'이었던 것이다. 밖으로 나와 아내에게 카드를 보여주며 찾았다고 소리를 질렀다. 아내는 내가 엉뚱한 세븐일레븐으로 전화했을 것이라 이미 짐작을 했었지만 남편이라는 작자가 너무나 괴로워하고 있기에 차마 말할 수가 없었다며 혀를 찼다. 내가 하는 모든 행동에 일일이 혀를 차야 하는 아내도 힘이 들 것이라는 생각을 했다.

카드 문제가 허탈하게 해결된 후, 은행에 가서 아내가 돈 문제로 괴로워하는 모습을 지켜보게 되었다. 아내도 돈이 없지만 나 역시 돈이 없으므로, 딱히 도와줄 방도가 없었다. 은행에서 나와서는 동양서림에서 지난번 고은정 선생이 선물해 준 문화상품권으로 책을 한 권씩 샀다. 나는 조해진의 소설 《단순한 진심》을, 아내는 《철학은 어떻게 삶이 되는가》라는 인문서를 샀다. 이왕 이렇게 된 거 불량식품이나 먹자고 의기투합한 우리는 마침 눈앞에 나타난 떡볶이집에서 점심을 먹고 헤어지기로 했다. "와, 음식이 아주 불량하고 좋은데!"라고 일단 허세를 한번 부린 뒤 떡볶이를 먹었다. 당장 닥쳐올 경제적 위기를 극복하려면 뭔가 특단의 조치를 내려야 한다는 기본적 사실엔 합의했지만 구체적 방안에 대해서는 의논하지 못한 채 우리는 헤어졌다.

4

지하철을 타고 공항으로 가는 길, 미국에 사는 규환 형에게서 걸려온 부재중 전화를 발견했다. 곧바로 전화를 걸어보니 이번에는 규환 형 쪽에서 받지 않았고, 전철 안이 혼잡한 데다 한·중·일 3개 국어로 쏟아져 나오는 안내 방송의 볼륨이 너무 크고 폭력적이라 나는 곧 규환 형에 대한 생각을 잊어버렸다. 형에게서 다시 전화가 걸려온 것은 제주공항에 도착해 버스로 갈아타고 숙소로 가는 도중이었다. 글을 쓰려고 제주도에 한 달 일정으로 내려왔다는 내 말에 규환 형은 정말 기뻐하면서 꼭 좋은 글을 쓰라고 격려해 주었다. 한때 대한민국 최고의 CF 감독이었던 선배의 격려를 받으니 이게 다 무슨 복인가 하는 생각이 들었다.

규환 형은 혹시 〈벌새〉라는 영화를 보았느냐고 물었다. 자기가 우연히 그 영화를 보고 너무 감동을 받았는데, 이상하게 내가 그 영화를 봤을 것 같아서 전화했다는 것이었다. 나는 물론 그 영화를 봤고, 너무나 감동했으며 마침 그 영화에서 주인공 은희의 엄마로 나왔던 이승연이라는 배우와 개인적으로 친해 자주 만난다는 이야기까지 들려주었다. 규환 형은 김보라 감독이 너무 힘들어서 이 작품을 끝으로 다시는 영화를 하지 않을 결심까지 했었다는 말을 들었는데 〈벌새〉가 각종 해외 영화제에서 상을 많이 받고 국내에서도 반응이 좋아서 계속 영화를 찍을 수 있게 되어 너무나 기쁘다고 했다. 나는 형이 김보라 감독의 새 작품을 기대하는 건 좋은데, 지금 여기는 버스 안이고 나는 이제 내려야 하므로 전화를 끊어야겠다고 말했다.

함덕해수욕장 앞에서 내리자마자 카톡으로 규환 형에게 내가 브런치에 올린 '여보세요, 저 아까 뒷자리에 앉아 울던 사람인데요'라는 제목의 〈벌새〉 리뷰를 보냈다.

여기서 장을 보려면 반드시 하나로마트에 가야 하는 줄 알았는데 정류장 바로 앞에 식재료 백화점이라는 게 있었다. 들어가 보니 하나로마트보다 훨씬 싱싱한 식재료와 음식들이 가득하지 뭔가. 생선 코너에서 구이용 생선을 사고, 계란을 비롯해 혼자 지내며 필요한 것들을 조금씩 샀다. 밖으로 나와 휴대폰을 들여다보니 규환 형으로부터 메시지가 와 있었다.

'역시 성준이의 글에는 가벼운 무거움이 있어. 좋은 책 기대한다.'

규환 형과 나는 어쿠스틱 기타를 중심으로 창작곡을 지어 부르던 홍익대학교 음악 동아리 '뚜라미'에서 만났다. 그때는 정말 까마득한 선배였는데 이제 이렇게 말과 생각을 섞을 수 있는 사이가 되다니 꿈만 같다.

다시 제주로 떠난 남편

2박 3일간 서울에 머물던 남편이 다시 제주로 떠났다. 오후 3시 40분 비행기라서 오전 시간은 함께 보낼 수 있었다. 아침을 차려주고 게으르게 외출 준비를 하는데 남편이 분주하게 카드를 찾기 시작했다. 분명 어디엔가 흘린 것이다. 나는 물건을 잘 잃어버리지 않는다. 물건이 어디에 놓여 있는지도 잘 기억한다. 대단히는 아니지만 비교적 정리 정돈을 잘 해두고 살기 때문이다. 남편은 다르다. 그가 지나간 자리에는 흔적이 남는다. 흘리고 잃어버리는 일도 잦다. 이를테면 우산은 1년에 대여섯 개 정도 잃어버리고 휴대폰도 1년에 두세 차례 잃어버렸다가 다시 찾는다.

그러잖아도 헤어지는 게 서운한데 남편이 신용카드가 안 보인다며 부산을 떨자 성질이 확 나서 잔소리를 마구 해댔다. 여기저기 찾아도 없기에 지난 저녁 신용카드를 사용한 편의점에 전화를 해보라고 했다. 남편은 세븐일레븐 성북점에 전화를 걸었는데, 카드는 거기 없다는 답이 돌아왔다. 전화를 건 편의점이 어젯밤 물건을 산 그 편의점이 확실하냐고 묻고 싶었지만, 그러면 더 속상해할 것 같아서 입을 다물었다. 집에서 나오며 편의점에 들렀다. 주인 잃은 신용카드가 남편을 기다리고 있었다. 역시 남편은 엉뚱한 편의점에 전화를 걸어 카드의 행방을 물었던 것이다.

카드를 찾고 은행에 들러 볼일을 본 뒤, 남편과 조금 더 같이 있을 생각으로 서점에 따라갔다. 책을 한 권씩 사고, 점심으로 즉석 떡볶이도 함께 먹은 후 우리는 헤어졌다. 남편은 나에게 12월에 김장을 마치면 제주에 내려와 며칠이라도 같이 지내다 올라오자고 했지만 그럴 수 있을지는 잘 모르겠다. 남편은 나를 엄청나게 걱정하며 제주로 떠났다. 나는 다시 홀로 남았다. 혼자 잘 지내기엔, 고독이 익숙지 않다.

남편이 다시 제주로 간 것을 아는지, 순자의 움직임이 유난히 줄어들었다. 밥도 좀 적게 먹고 남편의 의자에 한참을 앉아 있다. 평소엔 우리 부부 머리 옆에서 잤는데, 이젠 내가 옆에 깔아둔 이불에서 잔다. 대신 내 가슴 위로는 더 자주 올라온다. 뭘 알고 그러는 것일까?

아삭한 새 김치가 먹고 싶다는 지난밤 내 글을 보고, 대학로에 사는 지인이 한 포기 주겠다고 해서 염치 불고하고 김치를 얻으러 갔다. 김치를 받아 나와서는 최근 러시아로 가서 고려인 취재를 마치고 온 김진석 작가를 만나 근황을 나누었다. 소주 한 병을 마시고 취기가 올라 돌아오는 길에 남편과 통화했다. 저녁에 여행 중인 친구를 만날 거라는 남편. 여전히 혼자 있는 나를 걱정했다.

아내는 서울에서 낮술,
남편은 제주에서 밤술

1

'책이 너무 재미없어서 던져버렸다'라고 쓰려다 보니 전자책이었다. 전자책 단말기는 던지면 깨지는 물건 아니던가. 거짓말을 할 순 없다. 그러나 어제 아침, 일찍 눈이 떠져 어떤 신인 작가의 작품을 읽다가 문체도 스타일도 다 마음에 안 들어서 전자책을 꺼버린 건 사실이었다. 제목이나 내용을 밝힐 수는 없지만, 아무튼 글이 너무 궁상맞고 아마추어 같아서 속이 상할 지경이었다. 좋지 않은 글을 읽은 날은 세상이 부정적으로 보이고 늘 기분이 좋지 않다.

뜻하지 않게 어설픈 소설에 상처를 받은 나는 전날 읽기 시작한 조해진의 《단순한 진심》(민음사, 2019)을 다시 꺼내 들었다. 김포공항에 가기 전 아내와 함께 들렀던 동양서림에서 책꽂이에 포스트잇으로 붙여놓은 유희경 시인의 추천 글이 눈에 띄어 샀던 책이다.

어렸을 때 프랑스로 입양되어 극작가로 성장한 문주라는 여자. 얼마 전 임신한 아이의 이름을 '우주'라 짓겠다고 마음먹은 그가, 자신을 주인공으로 한 다큐멘터리를 찍고 싶다는 대학생 서영의 이메일을 받고 한국으로 들어오면서 소설은 시작된다. 철로에 버려진 문주를 거둔 기관사는 왜 낯모르는 아기에게 '문주'라는 이름을 주었을까. 문주는 서영, 소율과 함께 자신의 과거를 찾는 여행을 시작한다.

이 소설의 제목은 여성 인권 영화제의 표제에서 빌려왔다고 작가의 말에 쓰여 있었다. 작가가 예전에 쓴 〈문주〉라는 단편에서 시작된 이야기이긴 하지만, 다른 작품들과 입양아에 대한 기사 등 여러 자료를 참조한 끝에 《단순한 진심》이 완성되었다고 한다.

소설 속 문주는 왜 문주라는 이름에 그렇게 집착하느냐고 묻는 친구들에게 문주는 나의 시원(始原)이기 때문이라고 답한다. 작가는 입양이라는 소재로 뼈대를 만들고, 이름의 의미를 되새기는 주인공을 통해 '정체성 찾기'라는 주제를 확장하고 있는 것이다.

2

곳자왈로 잠깐 산책을 나갔다가 벤치에 앉아 책을 30

페이지쯤 더 읽었을 때 아내에게서 사진이 날아왔다. 낮술을 마시고 있었다. 오늘 김 모 작가를 만나 밥을 먹는다고 했는데, 날씨도 쌀쌀하고 해서 술로 바꾼 모양이었다. 부러운 마음 반, 걱정스러운 마음 반으로 집에 들어와 공처가의 캘리를 하나 썼다. '아내에게서 낮술 하는 사진이 왔는데 조금만 마시라고 얘기하려다 사진을 다시 보니 이미 소주가 두 병이었다'라는 내용이었다.

소설을 조금 더 읽다가 새로 연재하기로 한 글에 대해 고민을 하고 있는데, 친구 P에게서 오늘 저녁에 만나자는 연락이 왔다. 마침 내 숙소 근처에 3년 전부터 내려와 살고 있는 후배가 있으니, 그 친구 차를 타고 저녁때 성산으로 오라는 것이었다. 곧 P의 후배라는 제주도민 J씨로부터 메시지가 왔다. 자신은 술을 마시지 않으니 이따 자기 차를 타고 성산으로 함께 가자고. 술도 안 마시는 사람의 차를 타고 술 마시러 가는 게 미안했지만 자신도 오랜만에 P를 만나고 싶으니 상관없다는 말에 신세를 지기로 했다.

서울에서 기자로 오래 일한 J씨는 취미로 하던 음향 시스템 관련 일로 아예 직업을 바꾸면서 제주에 일자리가 생겨, 온 가족이 함께 내려와 살고 있다고 했다. 요즘은 기타 수리도 하는데 일주일 내내 힘겹게 하는 일이 아니라서 시간이 비는 날 아내와 자주 오름에 오른다고도 했다. 심성이 여리고 선한 사람 같았다.

3

우리와 거의 비슷한 순간에 P와 그의 오랜 친구 D씨가 도착했다. P는 중학교에 다니는 딸과 짧게 제주 여행을 왔단다. P의 딸은 사춘기의 절정답게 아빠 친구들과의 만남 같은 건 안중에 없고 숙소에 틀어박혀 유튜브를 보거나 친구들과 SNS 메시지를 주고받고 있을 것이다.

우리는 방어와 뱅에돔을 하나씩 시켰다. 술은 물론 한라산 21도였다. 기본 안주를 곁들여 한 잔씩 소주를 마시는 동안 나는 주머니에서 어설프게 A4 용지를 접어 만든 봉투를 꺼냈다. "네 딸 용돈 조금 넣었다"라며 봉투를 건네니 P의 입이 귀에 걸렸다. "야, 이런 건 좀 배우란 말이다"라고 소리치며 친구들에게 자랑까지 했다. 굳이 얼마를 넣었냐고 묻기에, "5만 원이지 얼마야. 내가 얼마를 넣을 수 있겠어?"하고 소심하게 대구했다.

P와 아주 오랜만에 만난다는 D씨의 모험담도 듣고, 제주에 사는 J씨의 일상 이야기도 듣던 차에 P가 나의 글쓰기 근황을 물어왔다. 그저 쓰고 싶은 대로 혼자 열심히 써보고 있다고 했더니 그는 "오해하지 말고 들어"라

며 운을 뗐다. 내가 쓰는 글들이 좋긴 한데 너무 착해서 좀 싱거운 감이 있다는 거였다. 처음부터 강렬하게 시작하는 글을 써보라는 것이었다. 그런 글 중 하나만 예를 들어보라고 했더니 '오늘 엄마가 죽었다. 아니 어쩌면 어제, 모르겠다'로 시작하는 카뮈의 《이방인》 첫 구절을 얘기했다.

어이가 없었다. 나는 "네가 광고회사를 너무 오래 다녀서, 뭐든 다르거나 특이한 아이디어만 좋아하기 때문"이라며 반박했다. 오해하지 말라고 하지만 오해하기 딱 좋은 조언이라고도 했다. 그는 다시 한번 고깝게 생각하지 말고 들으라면서, 내가 쓰는 공처가의 캘리도 너무 아내에게 순응하는 내용이라 임팩트가 약하다고 했다. 가끔은 삐딱한 공처가의 캘리도 보고 싶다는 것이었다. 나는 콘셉트가 공처가인데 어떻게 아내에게 삐딱하게 구는 걸 쓸 수 있냐고 물었다. 고깝게 듣지 말라고 했지만 역시 고깝다고도 했다.

우리가 이렇게 옹졸하게 싸우는 사이 어느샌가 D씨가 회 값을 계산하고 사라졌다. 뒤늦게 잘못을 깨닫고 D씨에게 미안해하던 우리는 다시 서울에서 보자는 인사를 하고 헤어졌다. 술을 많이 마셨지만 속이 쓰리거나 숙취가 심하지는 않았다. 아침에 일어나 간밤에 친구가 내 글에 대해 해줬던 충고들에 대해 생각했다. 진심으로 해준 충고였겠지만 나와는 글에 대한 태도가 다르다는 결론을 내릴 수밖에 없었다. 나는 비록 착하고 약하게 보이더라도 평소 내가 느끼고 생각하는 방향대로 글을 쓰는 수밖에 없다고 마음먹었다. 물론 공처가의 캘리도 틈틈이 계속 쓸 것이다.

심란함에는 꽃이 최고

꽃 수업을 받는 날이었다. 연말엔 역시 리스다. 작년에 만들었던 리스를 허물고 재활용해서 새로운 리스를 만들었다. 시간이 어떻게 흘러갔는지 몰랐다. 아름다움은 외로움을 이긴다.

순자 목욕 사건

1

누구에게나 1년 365일이 똑같이 주어지지만 그 하루 하루의 가치는 사람마다, 시기마다 다 다르다. 소설이나 영화에는 소위 결정적인 하루라는 게 있다. 평화로운 일요일 새벽에 전쟁이 터지거나, 아내와 살고 있는 집으로 내연녀가 찾아오거나, 남자 대학생이 학교 안에서 자전거를 타고 가다가 첼로를 메고 걷는 여학생과 부딪혀 둘 다 벌러덩 넘어지거나 하는 일이 벌어지는 그 어떤 날.

그런 의미에서 오늘은 정말 결정적이지 않은 하루였다고나 할까. 물론 오늘 하루가 시작부터 아주 평범했다고는 할 수 없다. 뭔가 심란한 마음으로 잠을 설치다 새벽 4시 반에 눈을 떠서는, 1층 거실에 좀비처럼 앉아 한숨을 쉬고 있었으니 말이다. 하지만 그 후로는 정말 아무 일도 일어나지 않았다.

오전엔 뭔가를 쓰려다 잠깐 졸았고, 어제 읽던 소설을

마저 읽었을 뿐이다. 점심을 해 먹기는 귀찮아서 오랜만에 가까운 식당으로 향했다. 멸치 고기국수를 주문했는데 오늘따라 국수 맛도 그냥 그랬다. 식당 안 TV에서는 YTN 24가 흘러나오고 있었다. 별다른 뉴스가 없어 그랬는지 사장님이 리모컨을 눌러 채널A로 돌렸으나, 거기라고 새삼 특종을 건졌을 리가 없었다.

한참 국수를 먹고 있는데 동네 부동산에서 잠깐 내가 머물고 있는 집을 보러 온다는 카톡이 오기에 얼른 그릇을 비우고 숙소로 돌아갔다. 집주인으로부터 부동산 방문에 대한 언질을 미리 받은 상황이라 당황스럽지는 않았다. 12시 반에 온다던 부동산 사람들은 정말 정확히 12시 반이 되자마자 초인종을 눌렀다. 실내 사진을 몇 장만 찍겠다고 양해를 구하더니 정말 스마트폰으로 몇 장만 찍고는 깔끔하게 돌아갔다. 혹시라도 "무슨 사연이 있으시길래 이런 이층집에 남자분 혼자 계세요?"라든지, "집주인과는 어떤 사이세요?"라고 물으면 뭐라고 대답해야 하나 약간 긴장했었는데, 그런 일은 일어나지 않았다.

2

오후에는 카페 '세바'에 갔다. 지난번처럼 예쁜 여자들이 돌아다니며 사진을 찰칵찰칵 찍지도 않았고, 그나마 먼저 와서 회의를 하던 사람들도 작은 소리로 속삭이다가 이내 일어나 나가버렸다. 텅 빈 카페에 홀로 남아 멍하니 한쪽 벽을 바라보니, 통유리 너머 정원의 모습이 그림처럼 아름다웠다.

이래서 사람들이 그렇게 사진을 찍었구나, 하고 나도 사진을 찍고 있는데 아내에게서 전화가 왔다. 오전 내내 작업했던 교정지를 퀵서비스로 보내고는 집으로 올라가는 길에 동네 빈집들을 구경하고 있다면서, 이제 아무것도 안 하고 들어가 쉴 거라고 했다. 서울에도 제주에도 특별한 일은 없는 날인 모양이다. 그렇다면 〈오늘의 사건사고〉라는 일본 영화처럼 잔잔하게 하루를 마감해야지.

(《오늘의 사건사고》는 유키사다 이사오 감독의 2003년 영화로 제목과는 달리 큰 사건이나 사고 없이 일본 젊은이들의 일상을 담담하게 그린 영화다.)

쓰던 칼럼을 그대로 닫고 분연히 카페를 나섰다. 지난주에 잔돈이 없어 못 드렸던 천 원까지 합해서 커피 값을 치렀다.

3

빨래를 개서 2층으로 올라가니 창문 쪽이 훤하기에 테라스로 나가보았다. 조명이 켜져 있는 거라 생각했는데 알고 보니 훤한 빛의 정체는 붉게 타고 있는 노을이었다. 그것 자체만으로도 인상적인 광경이었으나, 워낙 풍광이 좋고 하늘이 넓은 제주이다 보니 그 정도의 아름다움으로는 오늘의 평범함을 이길 수 없다.

저녁을 먹고 식탁 앞에서 오늘의 일기를 토닥거리고 있는데 아내가 다시 전화를 했다. 아주 잠깐 현관문을 열어두었더니, 그새 순자가 빠져나갔다 잡혀 들어왔다는 것이다. 할 수 없이 목욕을 시켰다고, 아내는 웃으며 말했다. 얼떨결에 밖으로 나갔다가 물 봉변을 당한 순자. 오늘 있었던 일 중에 가장 이례적인 사건이다. 순자 말고는 모두가 평화로운 하루였다.

잠 못 드는 밤, 순자는 외출을 하고

밤이 길다. 잠을 못 잔다는 말이다. 혼자 살 때와 같은 현상이다. 괜히 심란하고 잠들고 싶지 않다. 지난밤도 그랬다. 남편도 그랬다고 한다. 일찍 일어나 일을 했다. 꼼짝 안 하고 앉아서. 나는 의외로 마감에 강하다.

잠깐 외출한 순자를 목욕시켰다.

눈물이
많아졌다

1

어젯밤 늦게《단순한 진심》마지막 부분을 읽으며 눈물을 뿌렸다. 아침에 일어나자마자 식탁 앞에 앉아 간단한 독후감을 쓰고, 브런치에 올리려 하던 차에 아내에게서 전화가 왔다. 다음 주에 김장 날짜를 정했다고 하길래 김장 때마다 함께하지 못해서 미안하다고 하니 아내는 괜찮다고, 다른 분들이 와서 도와주기로 했다고 씩씩한 목소리로 말한다.

전화를 끊고 다시 소설로 돌아갔다. 조해진의《단순한 진심》은 단순한 입양아 이야기가 아니었다. 문장은 치밀하고 단정했으며, 시공간을 다루는 솜씨도 능숙할뿐더러 인간에 대한 믿음과 애정이 넘쳤다. 재작년에 읽은 권여선의《안녕 주정뱅이》와 훨씬 전에 읽은 한강의《소년이 온다》이후 오랜만에 만나는 감동적인 소설이었다.

2

점심은 어제 국수를 먹은 식당 바로 앞 수제버거집에서 포장해 오기로 했다. 젊은 사람이 하는 가게였는데, 어제 국수를 먹고 나와 거기서 산 커피는 아무리 2천 원짜리라지만 양이 너무 적었다. 그래서 오늘은 텀블러를 들고 갔다. 버거 종류는 세 가지였는데, 매운맛이 별미라는 볼케이노와 요즘 제일 잘나간다는 웨어하우스 버거를 물리치고 계란 반숙이 든 써니사이드업 버거를 골랐다. 텀블러를 채우느라 그랬는지 커피의 양은 어제보다 확실히 많아졌다.

거실에 작은 상을 펴고 앉아 넷플릭스로 〈멜로가 체질〉을 보면서 편하게 써니사이드업 수제버거를 먹었다. 맛이 괜찮았다. 다 먹고 양치를 하다 보니 아내는 벌써 김장을 한다고 분주한데 나 혼자 제주에서 뭐 하고 있는 건가 하는 자괴감이 몰려오길래 식탁으로 돌아와서는 '아내' 2행시로 공처가의 캘리를 하나 썼다.

아, 지금쯤
내 욕하고
있겠지?

3

인터넷으로 〈동백꽃 필 무렵〉 마지막 회에 관한 기사를 읽었다. 강원도로 MT를 간 출연진과 스태프들이 어젯밤 다 같이 마지막 회를 시청했는데, TV 앞에서 울음바다가 되었다는 내용이었다. 어제 방송된 마지막 회는 23.85%라는 놀라운 시청률을 기록했다. 특히 온 동네 사람들이 합심해서 동백이 엄마(이정은 분)를 살리려고 애쓰는 모습이 감동적이었다고 했다. 그를 실은 앰뷸런스가 지나갈 때 다른 차들이 홍해 갈라지듯 비켜서는 장면에 대한 묘사를 읽는데 갑자기 눈물이 왈칵 쏟아졌다. 드라마를 보지도 못했으면서 이런 주책을 부리다니 어이가 없었다. 요즘 눈물이 많아졌다. 이러다 동네 동백상회에 가서도 울까 걱정이었다. 내가 계란을 떨어뜨리자 중력에 대해 농담을 했던 아저씨의 가게 이름이 하필 동백상회다. 감정 조절에 신경을 써야겠다.

우울함의 원인에 대한 고찰

아침에 씻으며 최근 나의 행동과 태도에 대해 생각해 봤다.

움직이려 하지 않고

늦게까지 깨어 있으며

생각 없이 폭식하고

혼자 술을 마신다

TV 상담 프로그램에 흔히 등장하는 무의욕자, 우울증 환자의
행동과 크게 다르지 않다. 이유를 생각해 봤다. 나는 외로움에서
스스로 빠져나오는 방법을 잘 모른다. 혼자 시간을 잘 보내는 방
법도 익히지 못했다. 결혼 전엔 회사에 다니느라, 결혼 후에는 남
편과 함께 있어서 잘 느끼지 못했는데, 직장 생활을 하지 않고 심
지어 혼자 있으니 못된 습관이 다시 나오는 것이다. 그래도 오늘
은 운동도 하고, 마트에 가서 김장 재료도 살폈다.

숲속의 영상 편지

1

내가 외로움을 많이 타는 성정은 결코 아니지만, 그렇다고 토요일 새벽 집에서 453km나 떨어진 빈 숙소에서 홀로 깨어나 더 잘까 말까 고민하며 멀뚱히 천장 쳐다보는 걸 즐거워할 리는 없다. 잠을 더 자긴 글렀다는 생각에 1층으로 내려가 어제 쓴 글을 손보던 나는 갑자기 쌀을 씻어 전기압력밥솥에 안쳤다. 그리고 예의 그 요란한 안내 멘트를 흘려들으며, 손에 잡히는 대로 코르덴 바지와 파타고니아 아우터를 찾아 입었다. 밥이 되는 동안 곶자왈을 천천히 산책할 생각이었다.

평소에도 사람이 적은 동네지만, 토요일 아침이라 길에 사람이 하나도 없었다. 조그마한 초등학교 분교 운동장도 적막하기만 했다. 숲길로 접어들기 전 안내센터 근처에서 로드킬당한 개구리 사체를 보았다. 너무나 납작하게 바닥에 붙어 있어, 징그럽기보다는 누가 일부러 만들어 놓은 표본이나 화석처럼 느껴졌다.

원시림이 우거진 숲길은 언제나처럼 좋았다. 나뭇가지들이 뒤엉켜 있는 검푸른 숲 사진을 몇 장 찍다가 즉흥적으로 아내에게 보낼 동영상을 촬영하기 시작했다. 내 얼굴은 보여주지 않고 걸어가는 숲길만 계속 비추면서, 나와 함께 이 숲길을 걷는 느낌을 주고 싶어서 아내에게 이 동영상을 찍는다고 말했다. 지금처럼 오랜 기간 혼자 지내는 시간은 내 평생 다시없을 것 같은데, 두렵고 골치 아픈 상황에서도 이런 기회를 마련해 주어 고맙다고도 했다. 그 어떤 성과보다도 이런 시간을 내게 선물해 준 당신의 마음이 가장 소중하다고 했다.

2분이 넘도록 주절주절 떠들다 녹화 스위치를 껐다. 카톡으로 "여보, 잘 잤어? 난 숲길 산책 중이야. 당신한테 보내는 영상 편지"라고 쓰고 동영상을 보냈더니 아내가 "영상 편지는 어딨어?"라고 물어왔다. 숲이 깊어서 텍스트만 가고 동영상은 전송이 안 된 모양이었다. 숲을 벗어나서 다시 보내주겠다고 하니 아내는 쿡쿡 웃는다.

좀 더 올라가다가 허공에 떠 있는 나뭇잎 하나를 발견했다. 가까이 가보니 허공이 아니라 거미줄에 매달린 거였다. 신기해서 오래도록 서서 구경하며 사진과 동영상을 찍었다. 늘 보던 나뭇잎이고 늘 보던 거미줄인데, 둘이 만나니 마술처럼 뜻밖의 그림이 생겨나는구나. 글쓰기를 비롯한 모든 창조 활동도 결국 이런 원리가 아닐까 생각했다.

조금만 걷다가 얼른 돌아 내려갈 생각이었는데, 뭐에 홀린 듯 자꾸자꾸 안쪽으로 들어갔다. 한참을 더 걷다가 겨우 몸을 돌려 입구 쪽으로 발걸음을 옮겼다. 아까 거미줄에 매달려 있던 나뭇잎은 그새 사라지고 없었다.

2

집에 와서 밥을 먹고 장류진의 《일의 기쁨과 슬픔》 중 〈나의 후쿠오카 가이드〉와 〈새벽의 방문자들〉을 읽었다. 아, 이 작가, 반짝반짝하고 능수능란하게 글을 잘 쓴다. 두 편 모두 섹스와 관련된 상황이 담긴 작품이었는데, 전혀 과하지 않은 방식으로, 때로는 경쾌하게 때로는 처연하게 21세기 도시에 살짝 가려져 있던 인간의 속성을 잘 들춰낸다. 〈드림 드림 드림〉부터 《피프티 피플》에 이르기까지, 정세랑이 자조적 유머와 섹스를 아무렇지 않게 다루는 방식을 참 좋아했었다. 장류진도 그런 소설가인 듯해서 믿음직스럽다.

3

스카치테이프인지 연필 깎는 칼인지를 찾느라 거실 서랍을 열었다가 모나미 매직 펜 몇 개를 발견했다. 어? 매직이 있네, 하다가 Magic이면 마술 아닌가 하는 생각이 들어서 빨간색 매직 펜으로 공처가의 캘리를 하나 썼다. 평범한 매직 펜도 생각하기에 따라 마술이 될 수 있으니 나와 아내에게도 마술 같은 일이 일어나길 기대한다는 내용이었다.

4

오후에 소설가 김탁환 선생과 함께 달문의 길을 따라 걸은 아내가 전화를 걸어왔다(달문은 소설《이토록 고고한 연예》의 주인공 이름이다). 아내는 배가 고픈데 같이 저녁 먹을 사람이 없다며 화를 냈다. 나는 어떡하냐고, 그냥 집에 들어가지 말고 어디 가서 저녁을 먹고 가라고 얘기하고는 전화를 끊었다.

이달 25일 마감인 칼럼 몇 편을 손보다가 딱 10분만 걷다 들어와야지, 하고 어둑한 동네 길을 걷고 있는데 다시 아내에게서 전화가 왔다. 광화문에서 삼청동 술집 '기사'까지 걸어가서 맥주를 한잔 마시고 있다고 했다. 잘했다고 칭찬을 하고 전화를 끊었다. 두 시간쯤 지나 아내에게서 다시 전화가 왔다. '화요'를 반병쯤 마셨다고 했다. 너무 무리하지 말라고 했더니 당신 없을 때 무리 좀 하겠다고 하고는 전화를 끊었다. 한 시간쯤 흐르자 또 전화가 왔다. 화요 반병 남은 걸 마저 마시려고 안주를 하나 더 시켰다는 내용이었다. 나는 제주 일기를 쓰고 있는데, 마침 냉장고에 한라산 17도와 비비고 떡갈비가 있으니 그걸로 가볍게 한잔 마시면서 마저 쓰겠다고 말했다.

아내는 술을 다 마시면 '타다'를 불러서 집으로 들어갈 거라고 했다. 들어가면 전화를 다시 하라고 하고 끊었다. 한라산 17도가 반병쯤 남았다. 지금 아내의 전화를 기다리고 있다.

내게도 좋은 시간

혼자 있는 것은 여전히 힘들지만, 나도 나름대로 이 시간에서 의미를 찾고 있다. 남편의 소중함, '우리'의 필요성, 혼자 있는 방법을 배우기. 김탁환 작가님을 따라 달문의 서울을 걷고 삼청동 '기사'에서 늦도록 술을 마셨다.

구하라의
명복을 빌며

곳자왈 산책길을 걸으며 고인이 된 구하라 씨의 명복을 빌었다. 제주 일기를 쓰려고 오늘 있었던 일을 메모하다가 잠깐 인터넷에 들어가 보니 구하라 씨가 사망했다는 속보가 떴다. 설리에 이어 구하라까지. 세상에서 가장 쓸데없는 걱정이 연예인 걱정이라지만 이건 다른 문제다. 가부장적인 사회와 비뚤어진 성 의식, 반인권적 태도와 옐로 저널리즘까지. 구하라는 뉴스에 보도될 만큼 힘든 일을 겪었던 사람이다. 분노가 치민다.

오늘은 도저히 시시콜콜한 일기를 쓸 수 없다. 대신에 아까 생각났다가 에버노트에 묻어놓으려 했던 배우에 대한 메모로 지금의 심경을 대신한다.

R.I.P 구하라.

우리는 모두
배우다

우리는 모두 배우다. 나는 편성준이라는 남자를 연기하고 윤혜자는 윤혜자라는 여자를 연기할 뿐이다. 재밌는 건, 의외로 연기가 적성에 맞아 하루 스무 시간씩 나의 역할을 잘 해낸다는 점이다. 연기를 안 하는 시간엔 뭘 하냐고? 분장실 거울 앞에 앉아 운다. 분장을 지우면서 운다. 왜 이렇게 사는 게 힘드냐고, 왜 이렇게 되는 게 없냐고 한숨을 쉬면서 운다.

그러다 연기를 마친 동료 배우가 분장실로 들어오면 나는 금세 활짝 웃는다. 눈물 자국은 파우더로 가렸다. 내가 없었으면 아마 거울 앞에 앉아 울었을 그도 내 어깨를 치며 활짝 웃는다. 우린 모두 썩 괜찮은 배우들이다.

좋아하는 11월

좋아하는 11월의 날씨

종일 집에 있었다.

평일 대낮 바닷가에서
셀카 찍는 중년남의 진심

1

식료품을 좀 사려고 함덕해수욕장 가는 버스를 탔다. 환승 정류장에 도착해 앱을 켜보니 갈아탈 버스는 최소 한 46분 후에나 올 예정. 잠시 절망에 빠져 있던 나는 결국 택시를 불렀는데, 지난주 서울에 다니러 갈 때 공항까지 나를 태웠던 기사님이 운전석에 앉아 있었다.

"혹시 지난주에 공항 가셨던 손님 아니세요? 여기 글 쓰러 내려왔다고 하신 분." 아저씨는 이 동네에 택시가 한 80여 대 있는데 연달아 같은 손님을 만나는 건 쉽지 않은 일이라며 웃었다. 나온 김에 점심부터 먹고 식료품을 사서 들어갈 생각이라고 했더니, 아저씨는 메뉴가 다양하다는 설명을 붙이며 '털보 식당'을 추천했다. 도착해 보니 처음 내려온 날 이른 점심으로 된장찌개를 먹었던 그 집이었다. 오늘은 된장찌개 가격에 3천 원을 더해 해물된장을 시켰다. 옆 테이블에는 50대 후반에서 60대 초반으로 보이는 아저씨 둘이 앉아 있었는데 한 사람이 카랑카랑한 목소리로 쉬지도 않고 계속 떠들고 있었다. 스마트폰으로 리안 모리아티의 추리소설 《아홉 명의 완벽한 타인들》을 읽던 나는 제발 이들이 빨리 식사를 마치고 나가기만을 빌었으나, 헛된 기대였다. 흘끗 상을 보니 그쪽 역시 수저도 놓기 전이었으니까. 나와 간발의 차로 식당에 들어온 모양이었다.

다른 테이블로 옮길까 잠시 고민했지만 타이밍을 놓쳐 괜히 어색할 것 같았다. 시끄러워 한 글자도 읽기가 어려우니 차라리 남자가 하는 소리에 귀를 기울여 보기로 했다. '농협', '돈', '기계'. 단어들이 분절되어 들려왔으나 무슨 이야기를 하는지는 당최 알 수 없었다. 내 해물 된장이 더 늦게 나왔지만, 남자들의 수다가 듣기 싫어서 찌개와 반찬을 폭풍 흡입하고는 먼저 일어서버렸다. 계산을 하며 근처에 원두커피 파는 집이 있느냐고 물으니 해수욕장 근처에 있단다.

'함덕해수욕장'이라 쓰인 아치를 지나 조금 더 걷자 당장 바다가 나타났다. 바다와 마주하니 속이 탁 트이는 게, 파도가 치는 곳까지 가보고 싶어졌다. 터벅터벅 걷다가 바다가 보이는 나무 스탠드 위에 서서 바다 사진을 찍었다. 그런데 바다만 찍으면 뭐 하나. 아이폰 11도 샀는데 셀카나 한번 찍어볼까. 바다를 배경 삼아 얼굴 사진을 찍었다. 무표정하게 찍으니 너무 밋밋하고, 심각하게 인상을 쓰니 오히려 쪼다 같았다. 연기자나 모델은 정말 대단한 사람들이구나, 생각하며 억지로 웃어보았다. 그나마 조금 나은 듯했다. 조금 웃는 것부터 활짝 웃는 것까지, 단계별로 찍어본 뒤 두 장만 남기고 다 지웠다.

해변에는 사람이 많았다. 20대 커플 한 쌍이 나를 힐끗 쳐다보더니, 못 볼 걸 봤다는 표정으로 얼른 자리를 피했다. 하긴 월요일 대낮에 바람 부는 바닷가에서, 고독한 중년 남자 혼자 소리 내어 웃으면서 셀카를 찍고 있으니 조금 무섭지 않겠는가. 그러거나 말거나 크게 웃고 찍은 사진 중 하나를 골라 아내에게 보냈다. 곧 답장이 왔다. "좋네. 너무 신난 거 아냐?"

바닷가의 카페에서 커피를 샀다. 바로 옆에 스타벅스도 있었지만 저렴한 국산 커피를 사고 싶어 노란 간판이 있는 가게를 골랐다. 따뜻한 아메리카노 한 잔에 1,500원이었다. 혼잣말처럼 "되게 싸네요"라고 중얼거리니 직원이 푸웃, 하고 웃었다. 마트에 가서 식료품과 술을 조금 사서 집으로 돌아왔다.

2

작년에 이어 올해에도 남편 없이 김장을 하게 된 아내의 기막힌 사연이 생각나 공처가의 캘리를 한 편 썼다.

아내는 서울에서
김장을 하고
남편은 제주에서
긴장을 하고

지리산 '고은정의 제철 음식학교'에서 장 담그기와 김장하는 법을 배운 아내가 해마다 남편 없이 김장을 하게 된 사연을 곁들여 인스타그램과 브런치에 각각 올렸다. 고은정 선생에 대해서 좀 자세히 쓰고 싶어서 아내가 전에 브런치에 써놓았던 글을 참조했는데, 글을 올리고 화장실에 다녀온 사이 아내에게서 온 부재중 전화가 한 통찍혀 있었다.

긴장했다. 내가 잘못된 사실이나 누가 보면 곤란한 글을 아무 생각 없이 올리면 아내가 바로 전화를 하는 경우가 종종 있기 때문이다. 다시 전화를 걸어 물어보니 버튼을 잘못 누른 것뿐이란다. 내가 무슨 큰 잘못을 한 줄 알고 떨었다니까 아내는 웃으며 전화를 끊었다. 공처가의 캘리를 자주 썼더니 정말 간이 작아졌나 보다.

3

내 페이스북 담벼락에 걸린 캘리그래피가 새삼 눈에 들어왔다. 그 글을 언제 썼는지는 기억이 잘 안 나지만, 왜 썼는지는 선명하게 기억한다. 외국의 한 공익광고가 계기였다. 돌아가신 부모님에게 하고 싶은 말을 하는 스피치 무대, 발표자가 울먹일 때 부모가 짠! 하고 나타나 자식을 껴안는 장면. 캠페인의 취지는 사랑하는 사람이 세상을 떠난 뒤 후회하지 말고, 평소에 마음껏 사랑을 표현하자는 것이었다. 페이스북을 만든 저커버그가 "왜 부자들은 은퇴할 때까지 기다렸다가 자선사업을 하느냐. 나는 지금 하겠다"라고 한 것과도 일맥상통하는 이야기다. 이런 생각에 2001년 9·11 테러와 2003년 대구 지하철 화재 참사까지 한꺼번에 떠올라, 나는 그 캘리를 썼던 것이다.

9·11 테러 때 쌍둥이 빌딩 안에 있던 사람들은 휴대전화를 꺼내 가족과 통화했다. 그 내용은 대부분 사랑한다는 말과 작별 인사였다. 2003년 대구 지하철 화재 참사로

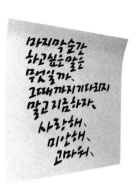

희생된 사람 중에는 어린 학생도 많았다. 십 대의 어린 딸이 아버지와 마지막으로 통화하는 내용을 뉴스에서 듣고는 눈물을 참을 수가 없었다. 지하철 안에 연기가 너무 많다는 딸의 말에, 속수무책인 아버지가 묻는다.

"아빠가 지금 그리로 갈까?"

딸은 외친다.

"아냐, 아냐, 오지 마. 오지 마, 아빠!"

절체절명의 순간에도 딸은 아빠의 안위를 걱정하고 있었던 것이다.

우리는 하고 싶은 일을 뒤로 미루고 하고 싶은 말도 뒤로 미룬다. 그러다 마지막 순간에 눈물을 뿌리며 후회한다. 더 미리 말할걸. 더 자주 말해 줄걸. 그러지 말고 지금 말하자. 그 사람에게. 사랑해. 미안해. 고마워, 라고.

일기를 마무리하고 있는데 전에 같이 일하던 카피라이터 박수에게서 카톡이 왔다. 퇴직하는 그녀에게, 나는 '박수 칠 때 떠난 카피라이터 박수'라는 캘리와 함께 글을 써주었다. 박수는 그걸 본 지인들이 이 글의 주인공이 네가 맞느냐며 종종 연락을 해온다고 했다. 오늘 그 캘리를 다시 읽어보니 새삼 뭉클해져 괜히 연락을 해보았노라고.

오늘은 하루 종일 '공처가의 캘리'를 생각하고 있었는데, 마지막까지 캘리 이야기를 하게 되니 신기했다. 저녁을 먹었는데도 뭔가 출출한 게, 허전한 느낌이다. 하루 한 끼만 먹는 박수와 카톡을 해서 그런 걸까.

시끄럽고 추운 하루

오늘은 묘하게 청각 공해 속에 산 날이다. 출근길 버스 안에
선 빈자리가 많은데도 굳이 내 옆자리에 앉은 아주머니가 요란하
게 전화 통화를 했다. 사무실에서는 한 직원이 관심도 없는 내용
을 주입하듯 쏟아내는 걸 견뎌야 했다. 저녁을 먹으러 간 식당에
서는 옆자리에 앉은 꼰대의 이야기가 들려왔다. 귀갓길에 남편
에게 전화를 걸어 횡설수설 이 얘기를 전하다, 전화기를 든 손이
시려 통화를 마무리했다.

게다가 오늘은 너무 추웠다. 아침에 내복을 입을까 고민하다
안 입고 나간 나의 잘못이었다. 어쩌면 외로워서 더 추운지도 모
르겠다. 종일 잤을 것이 분명한 순자가, 집에 온 나를 보자마자
욕실로 들어가 앉아서 야옹거린다. 털을 빗기라는 말이다.

아무 일도 일어나지 않는
24시간

카페 '세바'에 가서 글을 쓰고 책도 좀 읽었다. 카페는 조용했는데 어느 순간 젊은 여성 손님들이 몇 명씩 떼 지어 들어와 차를 시키고 대화를 나누었다. 카페가 예뻐서 그런지 자리에서 일어나 구석구석을 돌아다니며 사진을 찍는 사람들이 많았다.

미국 드라마 〈24〉가 인기를 끌던 때가 있었다. CTU(Counter Terrorist Unit)라는 대테러 조직에 근무하는 최정예 요원 잭 바우어의 활약상을 그린 이 드라마는 사건이 발생한 순간부터 실시간으로 24시간 동안 일어난 일을 보여준다. 한 에피소드당 한 시간씩 총 24개의 에피소드로 한 시즌이 구성되니, 한 시즌 동안 극 안에서나 밖에서나 하루의 시간이 흘러가는 셈이다.

아랍 출신 배우들을 테러리스트로 자주 출연시켜 욕을 먹기도 한 〈24〉는 당연하게도 전쟁이나 애국심 같은 소재를 좋아하는 FOX-TV 작품이다. 난생처음 보는 독특한 형식, 그리고 눈길을 사로잡는 액션에 중독된 시청자가 많았고, CTU 지하 본부 세트는 이후 국내 첩보 드라마에서 비슷한 느낌으로 재현되기도 했다. 나도 시즌 4까지는 이 드라마의 열혈 팬이었다. 매회 본부 상황실에 앉아 전화와 인터넷으로 잭을 도와주던 뚱한 표정의 클로이가, 아니 클로이 역할을 맡은 메리 린 라즈스쿠브가 폴 토머스 앤더슨 감독의 〈펀치 드렁크 러브〉에 나왔을 때는 너무 반가워 소리를 지를 뻔했다.

주연을 맡은 키퍼 서덜랜드는 이전까지 아버지 도널드 서덜랜드의 그림자를 넘어서지 못한 평범한 배우였다. 로브 라이너 감독의 〈스탠 바이 미〉에서 동네 건달로 나왔던 것처럼 시시한 역을 주로 맡았고, 연기자보다는 줄리아 로버츠의 전 약혼자로 더 유명할 정도였다. 그랬던 그가 〈24〉에서 생애 최고의 캐릭터를 만난 것이다. 키퍼 서덜랜드는 잭 바우어 역으로 에미상까지 수상했다.

인기 드라마이다 보니 한 시즌이 끝나면 열혈 팬들 사이에서 다음 시즌에 대한 추측성 스포일러가 난무했다. 그중에서 제일 웃겼던 건 중국 공산당 기관원들에게 인질로 잡혀간 잭 바우어가 기절했다가 깨어보니 24시간이 통째로 지나갔더라는 썰이었다. 드라마 주인공이 한 시즌 내내 잠만 잘 거라는, 황당하기 그지없는 스포일러였는데 허경영 후보의 선거 공약처럼 너무나 초현실적이다 보니 의외로 인기가 있었다.

제주도에 온 첫날부터 일기를 써왔다. 어느덧 스물하고도 이틀이 지났다. 혼자 지내는 일상이라 쓸 만한 얘기가 없을 것 같지만 꼭 그렇지는 않았다. 저녁에 하루를 되짚으며 빈 A4 용지 위에 단어 몇 개를 뿌려 놓으면 신기하게도 자기들끼리 뭉쳐서 일상을 재잘거렸다.

오늘은 일기를 좀 일찍 써볼까 하고 있는데 갑자기 〈24〉 생각이 났다. 그 가짜 스포일러처럼, 나도 오늘은 24시간 동안 아무 일도 없었다고 능쳐보면 어떨까. 물론 아침에는 노트북이 안 켜져 당황했고, 화장실에서 스마트폰을 떨어뜨리는 실수를 저질렀다. 점심때 '세바'에서 커피를 마시며 '서울에 가면 아내가 있다'라는 소심한 공처가의 캘리를 쓰기도 했다. 기계가 고장 나면 가장 먼저 아내의 얼굴이 떠오르곤 하니까.

하지만 그게 뭐 특별한 일인가. 어제 사 온 얇은피 만두를 구워 한라산이나 한 병 마시고 자야겠다. 사실 어젯밤 늦게 갑자기 근심 걱정이 한꺼번에 몰려와 새벽 3시까지 잠을 설쳤다. 책도, 글도 다 귀찮은 상태다. 그렇다고

저녁 8시도 안 됐는데 벌써 자면 그게 어디 사람인가. 할
수 없이 술을 조금 마셔야 한다.

서울에 가면
아내가
있다

이 시간의 대가

아침에 일어나 창문을 통해 보는 하늘은 별일 없다. 시끄럽게 지저귀는 새도 안녕하다. 순자는 내가 일어날 기색을 보이자 잽싸게 가슴 위로 올라와 내 손에 얼굴을 가져다 댄다.

눈을 뜨고 바로 남편에게 전화를 하니 통장 잔고를 보고 심란해져서 잠을 설쳤단다. 뭐, 대가 없는 일이 어디 있으랴. 이것도 대가라면 대가인데. 견뎌야 한다.

나의 가장 나종
지니인 것

마음은 무거웠지만 비가 와서 촉촉하게 젖은 산책로는 차분하고 아름다웠다.

아침부터 실업급여 담당 공무원과의 통화로 마음이 어지러웠다. 그런 전화가 으레 그렇듯 돈과 관련된 용건이었고 별로 떳떳하지 못한 상황이었기에 내게 절대적으로 불리했다. 서울에 있었다면 당장 달려가서 얼굴을 맞대고 이야기하고 싶었지만, 제주에서 비행기를 타고 가 따질 정도의 일은 또 아니었기에 이러지도 저러지도 못하고 있는 나의 처지가 한심했다.

오전 내내 예전에 썼던 글들을 갈무리하다가 촉촉하게 내리는 비를 뚫고 근처 식당으로 가 늦은 점심을 해결했다. 화가 나는 와중에도 밥은 입으로 들어갔고, 비가 오는 산책길은 아름다웠다. 공처가의 캘리도 하나 썼다. 영화 〈첨밀밀〉 속 장만옥이 증지위에게 "쥐 말고는 아무것도 무서운 게 없다"라고 말하는 장면을 들먹이며 '아내 말

고는 무서운 게 없다'라고 썼더니, 아내는 나 때문에 자기
가 점점 더 무서운 아내가 되어간다고 투덜댔다.

식당에서 돌아와서는 다시 그 공무원과 통화를 했다.
젊은 사람이 그렇게 생각이 꽉 막혀 있는 게 신기할 정도
였다. 나중에는 나를 약간 놀리는 것 같아서 더 화가 났
다. 실업급여 문제를 해결하기 위해 칼럼을 연재하고 있
는 매체의 대표와 통화를 했다. 대표님은 나의 솔직한 사
연을 들은 뒤 내가 실업급여를 받는 데 아무 지장이 없도
록 계약금 지급을 변경해 주겠다고 했다. 전혀 나를 도와
주지 않아도 되는 분의 관대함 덕에 해결의 실마리를 잡
았다. 전화를 끊고 나니 이상하게 마음이 끓어오르거나
하진 않았다. 그냥 이런 일에 매번 서툴고 겁부터 내는 나
자신에게 화가 날 뿐이었다.

서울에서 가져온 책 중 장석주 시인의 산문집《가만히
혼자 웃고 싶은 오후》(달, 2017)를 펴서 아무 데나 펼쳤는
데 마침 〈멸종에 대하여〉라는 글이 눈에 들어왔다. 인간
이라는 존재가 얼마나 작고 하찮은지를 잘 보여주는 글
이었다.

사실을 말하자면 지구는 "핵은 액체 철로 이뤄져 있으며

놀랍도록 얇은 껍질에 대기와 대양, 산맥과 심해의 해구, 미생물과 인간이 모두 담겨 있는 자그만 돌덩어리"다(칼 세이건, 《지구의 속삭임》). 우주에는 1000억 개 넘는 은하가 있고, 은하마다 수천억 개의 별과 행성들이 딸려 있다. 지구는 내행성계에 속하는 수성, 금성, 달, 소행성들과 함께 태양 주변을 돈다. 수많은 생명 종들을 품어 안은 지구는 우주의 은하들과 그 은하가 품은 바닷가 모래알보다 많은 별들 중 하나에 속한다. 지구는 식물과 동물들을 품고 이 광막한 바다에서 작고 창백한 점으로 떠 있는 것이다.

장석주 시인이 편집위원으로 있었던 잡지 《상상》에는 박완서 선생의 단편 〈나의 가장 나종 지니인 것〉이 실린 바 있다. 이 소설이 감동적이었던 것은, 운동권 아들을 쇠 파이프에 잃은 어머니가 심란할 때마다 외는 '은하계 주문' 때문이었다.

"은하계는 태양계를 포함한 무수한 항성과 별의 무리, 태양계의 초점인 태양과 지구 사이의 거리는 빛으로 약 오백 초. (중략) 광년은 빛이 일 년 동안 쉬지 않고 갈 수 있는 거리의 단위, 구조사천육백칠십 킬로미터."

우리가 아무리 안달복달 산다 한들, (신의 눈까지 갈 것도 없이) 인공위성이나 로켓을 타고 하늘 위로 몇 킬로미터 올라가서 내려다보면 전부 얼마나 웃기고 하찮은 짓들일까. 문득 박근형 작가의 말도 생각났다. 연극 〈모든 군인은 불쌍하다〉를 두 번째 보았을 때였던가, 연극이 끝나고 어쩌다 배우들과의 술자리에 합석한 일이 있었다. 그때 늦게 도착한 박근형 작가는 아직 군대도 안 간 스물두 살쯤 먹은 연극배우 지망생 청년에게 술을 따라주며 "뭐든 안 되는 게 당연하다 생각하며 살아봐"라고 말해주었다.

그땐 어린 후배에게 왜 저런 가혹한 말을 하나 싶었는데 후에 다시 생각해 보니 이거야말로 막돼먹었지만 아주 진실되고 멋진 충고인 거다. 뭐든 안 되는 게 당연한 거고, 그러다 뭐라도 하나 되면 정말 기뻐해야 하는 게 인생인데. 그렇다면 내가 죽을 때쯤 '나의 가장 나종 지닌 것'은 무엇일까. 인생의 덧없음보다는 인간에 대한 최소한의 믿음이라면 좋겠는데, 하고 생각해 보는, 비 오는 제주의 깜깜한 저녁이다.

아무 때든 전화할 수 있는 사이

지난밤에는 늦게 귀가했다. 오랜만에 찜질방에 들러, 휴대폰은 로커에 넣어두고 편안한 시간을 보냈다. 집에 가면서 보니 한라산 한 병 마시고 자겠다는 남편의 문자가 와 있었다. 12시가 넘었지만 전화를 걸었다. 그는 자다 깨서 내 전화를 받았다. 나는 전화 통화를 썩 즐기는 편은 아니다. 그럼에도 불현듯 누구에겐가 전화를 걸어 마구 수다를 떨고 싶을 때가 있다. 그리고 그 대상은 주로 남편이다.

연애를 시작하면서 당시 남자친구였던 남편에게 물었다. "이제 우리 사귀는 사이죠? 그럼 내가 아무 때나 전화해도 되죠? 하루에 여러 번 전화해도 되죠?"

"그럼 당연하지." 남편은 잠시도 머뭇거리지 않고 내게 답했다.

연인에 대한 나의 로망은 바로 이런 것이었다. 아무 때나 전화를 하고, 원하면 당장이라도 만나자고 조르고. 그래도 흉이 되지 않으며 자존심이 상하지 않는 그런 관계.

아침에 눈을 떠서도 바로 남편에게 전화를 했다. 내용은 뻔하다. 날씨가 어떠하냐? 뭘 할 것이냐? 뭘 먹을 것이냐? 그래도 이 통화를 하지 않으면 서운하다. 괜히 순자가 아무것도 하지 않는다는 말도 덧붙였다. 순자가 아무것도 하지 않는 건 늘 있는 일인데, 이런 사소한 이야기까지 나눈다. 좋다. 언제고 이야기 나눌 수 있는 사람이 있다는 것은(그러나 오후에는 남편의 융통성 없음에 화가 나 통화 중에 성질을 빡! 내고 말았다. 물론 전화를 끊으며 바로 후회했다).

퇴근길에 후배와 김치찌개를 먹고 인사동을 걸었다. 그러다 불 켜진 이에나(내가 꽃을 배우고 있는 꽃집)를 만나 반가운 마음에 들어갔다. 선물 받은 빨간 장미가 화사한 새 리스를 벽에 걸었다.

제주도에서
칼럼 연재를 시작하다

1

요즘은 식탁 앞에 앉아 A4 용지 한 장을 까는 것으로 하루를 시작한다. 회사 다닐 때도 있던 버릇인데, 하얀 종이를 깔아놓으면 마치 밤새 눈 내린 마당을 보고 있는 것 같은 착각이 들기도 한다. 구닥다리라 그런가, 나는 뭔가 생각할 때 연필이나 볼펜으로 끄적끄적하는 버릇이 있다. 제주에 온 넷째 날 문방구를 찾아 중학교까지 들어갔던 것도 A4 용지를 확보하기 위해서가 아니었던가. 아내에게서 훔쳐 온 보라색 연필을 들고 눈 오는 생각을 하다 글자를 적기 시작했다. 그러고는 문장을 한 번 다듬고, 새 종이를 꺼내어 다시 깨끗하게 써보았다. 처음 낙서처럼 썼던 글과 비교하니 문장이 만들어지는 과정이 보이는 듯해 재미있었다. 흰 종이를 식탁에 깔아놨을 때의 느낌을 잊지 않으려 이 글을 적는다.

하얀 아침

아침에 일어나
식탁 위에 A4 용지 한 장을
깔아놓으면
밤새 내린 눈을
밟는 기분이 된다.

이대로 한 시간만
앉아 있으면
내 마음속에도
따뜻한 눈이 내릴 것이다.

2

글을 연재하기로 했다. 이번 주부터 북이오(buk.io)의 '프리즘'이라는 서비스 채널에 칼럼을 쓰게 된 것이다. 미술, 과학, 에세이 등 각 분야에서 필력을 자랑하는 다른 멋진 작가님들도 함께할 예정이다. 내 글의 주제는 20년 차 카피라이터(연차가 너무 높아 창피해서 좀 줄였다)가 알려주는, 짧지만 여운이 긴 글쓰기 팁. '글은 짧게, 여운은 길게'라는 제목을 붙이고 짧은 글쓰기에 대한 내 생각들을 매주 풀어볼 계획이다. 총 30회 연재 예정으로, 다음 주부터 매주 일요일이 마감이다(2020년 8월, 연재를 무사히 끝냈다).

늦은 아침을 먹고 빨간 벽돌로 지어진 1층짜리 카페에 갔다. 며칠 전 한 번 들러 텀블러에 커피만 담아왔던 곳인데, 모든 테이블이 좌식이라 들어갈 땐 신발을 벗어야 한다. 따뜻한 아메리카노를 주문하고 노트북으로 원고를 정리하고 있는데, 내 뒤에 앉은 여자분이 전화 통화를 하면서 말끝마다 "개망했어!"라고 외치기 시작했다. "알리오올리오가 나왔는데, 맛이 진짜. 와, 개망했어." "혼자 돌아다니다 개망한 거지 뭐." 40대 후반쯤 되는 분이 그런 발랄한 언어를 구사하는 걸 듣고 있자니 좀 민망하고 처량했다. 나도 어디 가서 말조심해야지, 다짐하던 차에 북이오 대표님에게서 메일이 왔다. 프리즘에 칼럼이 올라갔으니, 필자들이 SNS를 활용해 공유해 주면 새 플랫폼 안착에 도움이 될 거라는 내용이었다. 마침 와이파이 빵빵한 카페에 있을 때 이런 메일을 발견해서 다행이었다. 사장님에게 에스프레소 한 잔을 더 부탁하고, 내가 쓴 칼럼들을 페이스북과 인스타그램에 정성껏 공유했다. 좀 쑥스럽긴 하지만 내 글을 내가 홍보하지 않으면 누가 해주겠는가, 라는 실용적 욕구를 동력 삼아서 공유 버튼을 아낌없이 팍팍 눌렀다.

오후 3시가 가까워지자 배가 고팠다. 자리를 정리하고 일어서며 얼마냐고 물었더니 4천 원이라는 답이 돌아왔다. 에스프레소까지 마셨는데 왜 가격이 그 모양이냐고 물으니 에스프레소나 추가 샷은 서비스로 모시고 있다는 것이다. 젊은 사람들이 지나치게 선해 보인다는 생각은 했지만 정말로 이렇게 천사 같을 줄이야. 미안하고 고마운 마음으로 카페를 나섰다.

3

저녁에 식탁 앞에서 혼자 놀고 있는데, 아내의 친구이자 나의 지인인 어떤 분이 내 칼럼의 오자를 찾아 보내주어서 짧은 대화가 오갔다.

'형부, 쓰신 글에서 처음으로 오타를 발견하고 형부도 사람이셨구나, 하면서 카톡 보냅니다.'

'하하, 오타 생산 킹이죠. 너무 감사합니다.'

사소한 관심이지만 내 글을 애정 어린 눈으로 지켜본 뒤 연락해 준 걸 알기에 정말 고마웠다. 페이스북에 들어가 보니 칼럼의 반응이 생각보다 좋은 듯해 기뻤다. 오자 수정한 내용도 게시물 댓글로 공유했다.

점심을 너무 늦게 먹어 그런지 밥 생각이 안 났다. 저녁 대신 캔맥주를 하나 꺼내 마시고 있는데 같은 프로젝트 필자 중 한 분으로부터 메시지가 왔다. 누가 오자 수정해 준 걸 보고 자신도 용기를 내어 이야기한다고, 내가 쓴 칼럼 중 인용문의 작가가 필립 로스가 아니라 척 클로스 아니냐고. '아마추어는 영감을 기다리지만 우리는 그냥 일하러 나간다'라는 말의 주인이 누구인지를 말씀하시는 것 같았다. 나는 필립 로스도 같은 이야기를 했다고 들었다, 정영목 번역가의 글에서 본 것 같은데 내일 인터넷에서 찾아보고 고치겠다고 답장을 드렸다. 그분은 미안하다며, 자기가 잘못 안 것일 수도 있다고 했다. 내가 올린 칼럼을 잘 보고 있으며, 심지어 오늘 자신의 친구가 내 글을 읽고 글을 잘 쓰고 싶어졌다고 말하더라는 기쁜 소식까지 전해주셨다. 무척 고마운 일이었다. 칼럼을 시작하며 바란 것이 바로 그런 반응이었으니까.

전화를 끊고 인터넷을 찾아보니 필립 로스가 《에브리맨》에서 이 문장을 쓰면서 '이건 척 클로스가 한 말'이라고 본문에 슬쩍 밝혔다고 한다. 메시지를 주신 필자분의 지적이 맞았던 것이다. 그런데 좀 애매하긴 하다. 필립 로스로 남겨두어야 할까, 아니면 척 클로스로 고쳐야 할까?

4

오늘은 안산 에이스병원의 독서 모임 '성장판'이 모이는 날이다. 지난달엔 내가 가서 정혜신 선생님의 《당신이 옳다》를 가지고 이야기 나누었고, 오늘은 아내가 가서 〈아무튼 시리즈〉 이야기를 할 차례다. 모임이 끝날 시간쯤 아내에게 전화를 걸었지만 받지 않았다. 한참 후 다시 전화하니 "어, 끝나고 지금 닭갈비 먹어. 너무 맛있어. 이따 전화할게!" 하고는 바로 끊는다. 아무래도 아내는 남편보다 닭갈비가 좋은가 보다, 섭섭해하던 차에 저녁을 다 먹은 아내가 다시 전화를 걸었다. 독서 모임이 매우 재미있었고 회원들이 써 온 세 줄 평도 다 좋았노라고. 그러면서 내 칼럼들의 리드 부분이 너무 긴 느낌이라고 주의를 주었다. 다음부터는 그 점에 유의하며 써보겠다고 답하고는 전화를 끊었다. 고잔역에서 지하철을 탔다고 했으니, 아내는 아직도 성북동을 향해 가고 있을 것이다.

중이염이라니!

전날 잠을 설쳤더니 곧바로 중이염이 왔다. 결혼 후론 뜸했었는데…….

김장 준비를 위해 김치냉장고를 비우고 청소했다. 안산 에이스 병원 독서 모임 멘토링이 있어 안산에 다녀왔다. 피곤하다.

아무튼 내일은
내일의 해가 뜬다

1

아내가 중이염에 걸렸단다. 그녀는 스트레스가 많거
나 피곤하면 꼭 귀에 문제가 생긴다. 이건 염증이니까 귀
찮더라도 꼭 병원에 들러보라고 신신당부를 했다. 아내
가 카톡으로 순자 사진을 보내왔다. 순자의 심각한 얼굴
을 보자마자 웃음이 터졌다. 이름을 불렀더니 웬일로 눈
을 맞춰준 순간이란다. 순자는 다른 집 고양이들처럼 앙
실하게 예쁘지도 않고 표정은 늘 뚱하다. 털도 까맣고 전
체적으로 동그래서 사진을 찍어도 잘 안 나온다. 여러 가
지로 단점(?)이 많은 고양이지만, 그래도 곁에 있는 것과
없는 것은 천지 차이다. 더구나 요즘처럼 내가 계속 집을
비우는 상황에서 순자의 존재는 아내에게 더욱 위로가
될 것이다. 아침부터 순자가 새삼 고마웠다.

2

지난가을 아내와 함께 전국의 스마트팜 농장들을 돌아다니며 취재했던 생각이 나, 렌터카를 빌리던 이야기부터 기억을 더듬어 글로 적어보았다. 취재 여행은 힘들었지만 아내와 팀을 이루어 무언가를 한다는 게 즐겁기도 했다. 운전을 그렇게 많이 해본 건 평생 처음이었다. 티볼리 디젤을 몰고 산골짜기 농가들을 찾아다녔고, 전국의 맛집도 수시로 들렀다. 하루는 킬킬거리며 드라이브인 호텔에 묵어보기도 했다. 오전 내내 그때의 추억을 더듬어 글을 완성하고, '아내와 지방 호텔들을 전전하다'라는 제목을 달았다.

3

〈글은 짧게, 여운은 길게〉에 쓸 단서들이 생각날 때마다 A4 용지에 볼펜으로 짧게 메모를 했다. 이런 식으로 메모를 하지 않으면 도저히 계속해서 쓸 수가 없다. 준비 중인 또 다른 글들까지 정리하던 나는 마침내 짧게 절망했다. 자기가 쓴 글이라는 게 참 이상해서, 어떨 때는 그럴듯해 보이다가도 마음이 조금만 싱숭생숭해지면 다 쓸데없는 이야기처럼 허무해질 때가 있다. 오늘이 그런 날이었다. 《광장》의 최인훈 작가가 "내 글이 소피스티케이

션처럼 느껴질 때 가장 괴롭다"라고 말한 인터뷰를 본 기억이 있다. 나는 고등학교 2학년 때《회색인》으로 지식인 소설을 처음 접했다. 선생은 평생 그렇게 고도로 관념적인 소설들을 썼던 분이니 더 자주, 오랫동안 스스로에 대한 의심에 시달렸을 것이다.

그렇다면 좋은 글이란 무엇일까. 도저히 답이 나올 수 없는 질문을 품은 채 이것저것 뒤지다가 〈아무튼 시리즈〉 중 한 권을 전자책으로 구입했다. 문장력이 좋다고 소문난 류은숙의《아무튼, 피트니스》(코난북스, 2017)였다. 30년 남짓 인권 운동에 몸담은 저자가 엉뚱하게도 피트니스를 소재로 쓴 책이다. 그의 말을 빌려오자면 '운동(movement)을 한 지 25년이 넘었는데, 쉰이 될 무렵 여러 군데가 아프고 나서부터 운동(exercise)으로 피트니스를 시작'했다고 한다. 새벽의 갑작스러운 가슴 통증으로 병원을 방문한 뒤 퍼스널 트레이닝을 받게 된 사연부터 운동 문외한이었던 나이 든 여성이 피트니스 신봉자가 된 과정까지, 모든 이야기가 너무도 쉽고 재미있게 이어지고 있었다. 무엇보다 작가가 먹고 마시기를 좋아하는 사람이라 더 공감이 갔다. 예를 들면 이런 식이다.

나의 목적은 뭘까, 친구들은 입 모아 만장일치로 말했

다. "계속 마시기 위해서!" 부인할 수 없는 진실이다. 스무 살 때부터 마셔 온 인생, 인생에서 이걸 지워버리고 산다면 그런 삶은 내게 건강한 삶이 아니다. 기억이 사람을 만드는 것이라 하지 않는가. 같이 마신 사람들이 기억해 주는 게 내 삶이다. 내가 그들을 기억하며 만든 유대가 내 삶이다. 맞다. 계속 마시기 위해선 규칙적으로 몸을 움직여야 한다.

50대의 비혼 여성 인권운동가가 피트니스를 통해 자신의 몸과 건강에 눈뜨게 되는 과정을, 류은숙은 넘치지도 모자라지도 않게 서술한다. 곳곳에 인문학적 성찰까지 잘 스며 있어서 다 읽고 나니 좋은 글을 읽었다는 만족감이 밀려왔다. 좋은 글은 좋은 삶에서 나온다는 사실도 다시금 깨달았다.

좋은 글을 읽었다고 심란한 마음이 단박에 가벼워지지는 않았다. 저녁에 전화를 하니 아내는 내일 김장을 위해 무채를 썰고 있다고 했다. 오늘 일을 많이 해놓아야 내일 본 게임이 쉽게 끝난다면서. 아내의 성실한 기질을 잘 알기에 더 이상 뭐라 하지 못하고 전화를 끊었지만, 성북동 꼭대기 집에서 혼자 낑낑대며 일하고 있을 아내를 상상하니 마음이 더욱 무거웠다.

내일은 토요일이자 제주에서 지내는 마지막 주말이다. 그동안 서울에 한 번 올라갔던 것, 제주에서 사람들과 두 번 어울린 것 외에는 계속 혼자 지내왔다. 늘 그렇지만 혼자 지내는 건 좋기도 하고 싫기도 하다. 서울로 올라갈 날이 가까워지자 마음은 은행의 복리 계산하듯 다 단계로 심란해진다. 길든 짧든 여행의 끝물은 다 이렇고, 이런 기분은 원래 극복이 잘 안 된다. 단편소설이나 하나 더 읽고 일찍 자야겠다. 내일 새벽에 일어나 식탁에 A4용지를 펴면 또 뭔가 떠오르겠지. 내일은 내일의 해가 다시 떠오르듯이.

오래된, 그러나 따듯한 성북동의 어느 병원

중이염이다. 피곤하면 자주 귀에 문제가 생긴다. 술을 삼가고 쉬면 자연스럽게 낫지만, 염증이라 약을 먹는 게 나을 것 같아서 병원에 가기로 했다. 동네에는 이비인후과가 여럿 있는데 전부 대기 시간이 길다. 운동하러 다니는 곳 근처의 진료과목 다양한 의원은 그나마 대기가 짧을 것 같아 그리로 가기로 했다. 정형외과, 비뇨기과, 내과, 이비인후 진료를 함께 본다는, 오래된 건물 2층의 동네 병원이다.

병원 문을 여니 오래된 건물에 어울리는 오래된 실내가 나타난다. 패딩 조끼와 기능성 상의를 맞춰 입은 간호사들은 족히 예순은 되어 보였다. 정돈되지 않은 실내와 간호사들의 표정을 보는 순간 탄식이 절로 흘러나왔다. 주사를 맞으라고 하면 거절해야겠다고 생각하며 진료실로 들어갔다.

진료실에 들어서자마자 내 눈에 보인 것은 여기저기 놓인 수석과 앰프, 그리고 믹싱기였다. 원장님 취미가 악기와 수석 수집인 모양이었다. 인사를 나누고 귀가 아프다니까 내 얼굴을 잠시 들여다보던 원장님은 엉뚱한 질문을 늘어놓았다.

"병원 안 다녀요?"

"이 동네 살아요?"

"얼마나 됐어요?"

기다리기 싫어서 일부러 사람이 없을 만한 병원을 고른 거지만, 그래도 뭔가 불안해졌다. 이사 온 지 3년 좀 넘었는데 이 병원엔 처음 온다는 대답을 들은 원장님은 드디어 내 귀를 들여다보기 시작했고, 잠시 후 "사모님은 귓구멍이 정말 작다"라며 이번에는 입을 아~ 벌려 보라고 주문했다. 목구멍을 한참 들여다본 뒤에는 귀도 귀지만 목과 임파선도 부었다고, 이비인후과에서 흔히 볼 수 있는 해부도를 짚어가며 설명해 주셨다.

처방전을 쓰기 위해 책상으로 자리를 옮긴 원장님을 따라 나도 자리를 바꿔 앉았다. 책상 위에 있던 오카리나가 눈에 띄어 물으니, 이것보다 더 멋진 악기가 있다며 전자 관악기를 꺼내 보여주신다.

"야마하 건데, 백 가지가 넘는 악기 소리를 내지요."

곧이어 앰프에 전원을 넣고 연주할 태세를 갖추는 원장님. 아뿔싸. 싸한 진료실 분위기를 가볍게 하려고 던져본 내 질문을, 원장님이 덥석 문 순간이었다. 진료실에서 꼼짝없이 원장님의 연주를 들어야 할 운명에 처한 것인가! 다행히 두어 번의 시도에도 전원 연결이 원활하지 않았고, 연주는 불발에 그쳤다. 원장님은 그제야 처방을 시작했다. 염증이 있으니 항생제를 쓸 수밖에 없다는 말씀을 두 번 반복하며 독수리 타법으로 사흘 치 처방을 컴

퓨터에 입력하셨다.

처방전을 들고 나가려는데, 들어올 땐 보이지 않던 주사실이 눈에 띄었다. 반쯤 열린 커튼 사이로 내부를 들여다보니 침대도 여럿, 그 위의 환자도 여럿이었다. 나가는 길에 마주친 할머니 한 분을 위해 문을 잡아드리면서, 주사 처방이 없는 것에 작은 안도의 숨을 내쉬었다.

이번엔 약을 지을 차례였다. 같은 빌딩에 있는 익숙한 약국에 들러, 방금 다녀온 병원 분위기가 독특하다고 털어놓았다. "그 병원 처음 가셨어요? 그 원장님 저 자리에서 20년 넘게 진료하셔서, 동네 분들을 거의 다 아세요"라는 약사의 대답이 돌아왔다. 그래서 어디 사냐고 먼저 물어보셨던 거구나. 의사의 첫 질문에 대한 의문이 풀렸다.

약사는 말을 이었다. "영양 주사 같은 거 안 맞으시나 봐요. 거기 주사실이 따뜻해서 영양 주사 맞으면서 누워 있으면 좋아요. 물리치료사가 남자라 남자분들이 편하게 생각하고 많이 다니세요." 늘 어깨가 아프다는 남편 생각이 나서 어깨 치료도 잘하시느냐고 물으니 약사는 어깨, 무릎 모두 물리치료가 좋아 동네 노인분들에게 인기라고 했다.

그제야 오래된 동네 의원과 원장님에 대한 의심을 풀 수 있었다. 심지어 왠지 모를 정도로 조금 생겼다. 간단한 감기 치료나 고

혈압약 처방을 받는 정도라면 이 병원을 자주 가게 될 것 같다.

조금만 더 깨끗하면 좋긴 하겠지만.

아무도 만나지 않았지만
많은 이야기를 나눈 날

1

"요즘 사람들은 정말 돈밖에 모르는 것 같아요."

"어느덧 우리는 돈의 노예가 되었습니다."

영화나 드라마, 소설에서 흔히 볼 수 있는 대사다. 그러나 돈의 노예가 된 것은 현대인들만이 아니다. 로마 시대 활약했던 탐정을 다룬 스티븐 세일러의 추리소설 《로마 서브 로사》를 예로 들어보자. 이 소설의 주인공인 고르디아누스는 변호사 키케로와의 고용 계약 체결 후, 계약금으로 무너진 뒷담장을 보수하고 아내 몸종으로 쓸 여자 노예도 한 명 살 수 있게 되었다며 기뻐한다. 윤여정 배우도 돈이 필요할 때 제일 연기를 잘했다고 고백했듯이 그때나 지금이나 사람을 움직이는 가장 큰 원동력은 정의감이나 의리, 사랑이 아니라 돈인 것이다. 화폐가 생겨난 이후로 인간은 돈의 노예라는 신분에서 한 번도 벗어난 적이 없는 듯하다. 우리가 돈을 버는 이유도 결국은 돈에서 벗어나고 싶어서이지만, 좀처럼 마음대로 되지 않는 게 인생의 아이러니다.

두부 된장국을 만들어 아침을 차려 먹고 곶자왈로 산책을 나갔다. 오늘은 깊게 들어가지 않고 입구 근처 벤치에 앉아서 김세희의 단편소설집 《가만한 나날》(민음사, 2019)에 실린 〈우리가 물나들이에 갔을 때〉를 읽었다. 혼인신고만 하고 결혼식은 아직 올리지 않은 커플이, 가족들에게 버림받은 신랑 아버지에게 전기장판을 가져다주러 물나들이라는 곳으로 가면서 일어난 일들을 그린 단편이다.

같은 작가의 《항구의 사랑》을 읽고 싶었지만, 제주에 와서 장편을 읽으면 너무 시간을 빼앗길 것 같아 단편집 《가만한 나날》을 먼저 샀다. 지금까지 다큐 영화를 찍는 선배를 찾아가는 〈그건 정말 슬픈 일일 거야〉와 옥시 피해자 이야기가 모티브인 듯한 표제작 〈가만한 나날〉, 그리고 첫 직장에서 만난 팀장 이야기를 다룬 〈드림팀〉을 읽었다. 문청 느낌도 나지만 구조가 단단하고 문장도 좋다. 오늘은 전자책 단말기 대신 스마트폰으로 읽었는데, 스마트폰의 폰트가 더 크고 선명해서 앞으로 소설은 이렇게 읽는 것도 괜찮겠다는 생각이 들었다.

2

서울에서 아내는 미리 모집한 멤버들과 함께 한창 김장을 하고 있을 것이다. 방해가 될까 봐 전화도 생략한 채집으로 돌아와 샤워를 하고는 근처에 있는 8천 원짜리 한식 뷔페로 갔다. 돼지고기와 쌈 채소, 가정식 반찬 등을 싸게 먹을 수 있는 식당으로, 한 번은 너무 늦은 시간에 갔더니 반찬이 거의 다 떨어져 낭패를 보기도 했다.

오늘은 나 말고 두 사람이 더 있었다. 두 명의 남자 중한 사람은 중년이고, 한 사람은 청년인데 둘이 마주 앉아식사하면서도 대화가 전혀 없었다. 이상해서 자세히 살펴보니, 중년 남자가 귀에 이어폰을 낀 채 스마트폰으로동영상을 보면서 밥을 먹고 있는 게 아닌가. 끔찍한 장면이다. 이럴 거면 왜 같이 밥을 먹으러 왔을까. 혹시 같은직장에서 발행한 식권을 써야 해서 함께 온 걸까. 혼자 밥을 꾸역꾸역 먹던 나는 괜히 목이 메어 뜨거운 숭늉을 한잔 가져와 천천히 마셨다. 서글픈 점심시간이었다.

3

오후에는 예전에 썼던 글을 좀 더 재미있게 고쳐보려고 끙끙대고 있는데 카피라이터 후배 서덕 씨에게서 카톡이 왔다. 같이 일할 때 말을 놓지 못해서 여전히 존댓말로 대화하는 후배다. 너무나 오랜만이라 웬일이냐 물으니, 최근에 《애쓰다 지친 나를 위해》라는 제목의 에세이를 하나 출간했다는 답이 돌아왔다. 회사를 쉬면서 느꼈던 것들을 담은 책이라고, 함께 일하던 기억이 좋아 그런지 한 권 보내드리고 싶다고 했다. 번아웃을 겪고 쉬면서 책을 쓴 서덕 씨는 지금은 다시 회사로 돌아간 모양이었다. 나도 원고를 하나 준비 중이라고 했더니 책이 나오면 꼭 알려달라고 했다.

김장을 마친 아내가 저녁에 전화를 했다. 어제 준비를 잘 해놔서 오늘을 비교적 일찍 끝났는데, 역시 동현이 와서 많은 일을 해주었고 '파란대문집' 주인인 정옥 씨도 와서 애를 썼다고 한다. 열심히 했으니 김치가 맛이 있건 없건 그냥 맛있게 먹으라고 하기에 그러겠다고 했다.

중이염에 시달리는 아내는 일찍 누워 TV를 보고, 나는 식탁에 앉아 일기를 쓴다. 전에 세월호 포스터를 같이 만들었던 이용택 차장이 카톡으로 주소를 물어왔다. 작년에 이어 올해도 손수 만든 크리스마스카드를 보내주겠다는 것이다. 내가 쓴 칼럼을 재밌게 읽었다는 인사도 잊지 않았다. 한꺼번에 올라간 세 편의 글 중 무엇이 좋았느냐고 물으니, 좋았던 글의 제목이 생각이 안 난다며 정말 미안하다고 한다. 재밌게 읽었는데 제목이 생각이 안 나

다니 글을 잘못 썼다고 생각하고 있는데 다시 카톡이 왔다. '짧게 쓰고 싶으면 길게 생각하라'였다고 한다.

아무도 안 만났지만 전화와 메신저로 사람들과 많은 이야기를 나눈 날이었다.

김장 독립

김장을 했다. 고은정 선생님 도움 없이 혼자 한 첫 김장이다. 이웃 친구들이 도왔고, 박재희 선생님도 같이 담갔다. 점심은 영아네 김밥에 지난해 담근 김장 김치를 곁들여 먹었다. 김장을 마친 후에는 새 김치와 굴, 수육도 먹었다. 조금 고단하지만 즐거운 김장이었다. 남편이 내년에는 꼭 같이하겠다고 약속했다.

커피와 소설책만 있던
일요일

1

비 오는 일요일 아침. 빗소리를 들으며 걷고 싶어서 우산을 쓰고 중산간 도로로 나왔다. 일요일 아침이라 문을 연 가게는 없겠지만 그래도 혹시 몰라 배낭 안에 텀블러도 챙겼다. 역시 도로에는 아무도 없다. 평소에 커피를 팔던 피자 가게도 닫혀 있었다. 그런데 집으로 돌아오는 길, 빨간 벽돌 건물 카페의 열린 현관문과 노랗게 켜진 현관 등이 눈에 띄었다. 반가운 마음에 현관에 서서 사장님을 불렀다. 분명 작게 음악 소리도 들리는데 사람은 없었다. 문만 열어두고 어디 가신 모양이다, 하고 돌아서는 순간 도로에서 사장님이 나타나 웃으며 인사를 한다.

"당연히 안 열었겠지 했는데 불이 켜져 있어서요."

"아직 안 열었는데, 들어오세요. 커피 가져가시게요?"

커피 머신 스위치도 켜기 전이라 드립 커피로 해주겠다는 말에, 나는 운동화를 벗고 안으로 들어가 기다렸다.

가게 이름이 왜 93 BREW냐고 물으니 커피 내리는 온도가 93도이고 또 사장님과 사모님이 모두 93년생이라 그렇게 지었다고 한다. "드립 커피는 좋으면서도 약간 섭섭한 게, 너무 순하고 부드러워서요"라고 하니 "예, 바디감이 좀 떨어지지요" 하고 사장님도 동의를 해주었다. 그러면서 에티오피아 커피 어떠냐고 묻기에 나도 산미가 좀 있는 게 좋다고 답했다.

사장님은 텀블러에 커피를 담고, 뚜껑을 닫기 전 내게 내밀었다. 가져가기 전에 한 모금 맛보라는 뜻이다. 따뜻한 신맛이 혀끝을 자극하며 온몸에 상쾌하게 퍼지는 느낌. "좋은데요" 하며 지갑을 꺼낸 내게, 사장님은 그냥 서비스로 드리려 했다고 말한다. 나는 말도 안 되는 소리라고 화를 내며 5천 원짜리를 내밀었고, 사장님은 "그럼 아메리카노 가격으로 해드릴게요"라며 천 원을 거슬러 주었다.

집으로 들어와 스마트폰을 켜니 아내가 여수에서 올라온 싱싱한 굴을 넣고 끓인 미역국 사진을 인스타그램에 올렸다. "굴 부자네!"라고 하는 나. "오면 해줄게"라는 아내. 굴을 핑계로 집에 가고 싶다고 말했다. 사실은 굴보다 아내와 자리에 누워 뒹굴뒹굴 노닥거리는, 보통의 일요일 아침이 더 그립다. 아내는 중이염 때문에 여전히 컨

디션이 별로라고 한다. 월요일에 다른 병원으로 한번 가보라고 했다. 성북동에 오래 계셨다는 나이 든 의사분의 '유사 종합병원'은 문진만 하고 귀에 약은 발라주지 않았다고 하니까.

오전엔 어제부터 끙끙대던 원고 하나를 고쳤다. 제법 만족스럽게 나온 듯해서 혼자 좋아하다가, 아내가 술에 취해 들어왔던 일이 문득 생각나기에 그 얘기를 가지고도 설렁설렁 글을 하나 더 써보기로 했다. '만약 술과 담배를 하면 할수록 몸이 좋아진다면 어떤 일이 벌어질까'라는 가정하에 간단한 다이얼로그 상황으로 만들어 보았다. 두 편으로 나누어 담배 편의 주인공은 나로, 술 편의 주인공은 아내로 정했다. 실연을 당해 술집에서 혼자 술 마시는 아내를 꾸며내다 보니, 그녀의 술 취한 모습이 눈 앞에 선하게 떠올라 혼자 쿡쿡 웃었다. 너무 오래 혼자 지내다 보니 이렇게 미친놈이 되어가는구나 생각했다.

2

오후에는 정명섭 작가의 《유품정리사: 연꽃 죽음의 비밀》(한겨레출판, 2019)이라는 추리소설을 전자책으로 샀다. 정명섭 작가는 조영주 작가의 북 콘서트 자리에서 잠시 뵌 소설가인데, 이 작품으로 드라마 계약을 했다는 소식도 페이스북을 통해 알게 된 참이었다. 그는 죽은 사람들이 남긴 유품을 가족 대신 정리해 주는 일본의 '유품정리사'라는 직업을 접하고는 곧 조선 시대를 떠올렸다고한다. 근대 전의 조선에서는 특히 여성, 아이, 노비가 억울하게 죽는 일이 많았기 때문이다. 살인사건으로 추정되는 '동부승지 사망 사건'을 중심축으로, 화연이 아버지의 죽음을 추적하면서 유품정리사로 일하게 되는 이 이야기엔 그런 사연이 있었던 것이다.

화연 곁에는 그녀를 돕는 우포도청 군관 완희가 있다. 소설 속 두 사람이 10대 후반과 20대 초반의 젊은이들이라 이야기에 활기차고 귀여운 맛이 있다. 각각의 사건별로 챕터가 나뉘면서도 유기적으로 연결이 되고, 이야기가 진행될수록 캐릭터들이 입체적으로 살아나는 구성이 TV 드라마로 아주 적격이라는 생각이 들었다. 넷플릭스에서 드라마로 만들어진 정세랑의 《보건교사 안은영》을 읽으면서도 비슷한 느낌을 받았었는데, 이 소설은 읽기전에 드라마로 제작된다는 이야기를 먼저 들어 그런지더욱 또렷이 상상하며 읽게 되었다.

3

낮잠을 자고 일어난 아내가 잠깐 동네 산책을 하겠다

고 하더니 잠시 후 '성북동콩집' 앞에서 찍은 사진을 보내왔다. 서울에도 비가 오고 있었다. 걸으면서 생각을 정리한 모양인지, 아내는 내년에 딱 두 가지를 하고 싶다고 했다. 그 두 가지가 무엇인지는 아직 밝힐 수 없다. 아무튼 나는 서울 올라가서 더 자세히 얘기해 보자고, 우리 둘이 못 할 일이 뭐가 있느냐고 답했다.

나도 밖으로 나가 잠시 산책을 했는데 하루 종일 비가 내려 그런지 날이 너무 어두웠다. 집으로 돌아와 《유품정리사》를 이어 읽다가 목요일 비행기 표를 예매했다. 벌써 한 달이 다 지나간 것이다. 내 이럴 줄 알았다. 감방이나 군대만 빼고 시간은 언제나 쏜살같이 흐른다. 오늘은 정명섭의 소설을 마저 다 읽고 자야겠다.

(그때 하고 싶었던 일 두 가지는 '성북동소행성 인물선' 쓰기와 '서울에서 작은 요리교실 열기'였다. 앞엣것은 갑작스러운 한옥 구입과 수리 때문에 시작을 못 했고 뒤엣것은 한옥에서 시작해 매달 열리다가 코로나19가 기승을 부리는 바람에 중단되었다.)

남편이 비행기 표를 예매했다

일요일인데도 일찍 일어났다. 중이염이 지속되어 잠을 설쳤다. 일어난 김에 남편과 통화를 하다 영상통화를 해봤다. 남편은 혈색이 좋아졌고, 수염이 더 길었다. 이제 며칠 후면 남편이 온다.

생굴과 어제 담근 깍두기가 있어서, 아침부터 몸을 부지런히 놀려 아침밥을 지었다. 양껏 먹고 약을 한 봉지 입에 털어 넣었다. 약과 피로에 취해 낮잠을 길게 자고 일어나선 다시 김치볶음밥을 먹었다. 어슬렁거리며 단골 카페에 들러 커피를 한 잔 마시고, 생리대와 치약도 사 왔다. 매달 월경을 치르느라 드는 비용이 적지 않다. 내 경우에는 탐폰 두 통과 팬티라이너 한 통을 사용하는데, 대략 2만 원 상당이다. 형편이 어려운 사람에겐 정말 부담스러운 금액이다. 모든 여성이 달마다 치르는 이 일로 돈을 벌려는 기업도, 월경 용품에 보험이 적용되지 않는다는 사실도 도무지 이해가 가지 않는다. 매우 불합리하다는 생각을 하며 집으로 돌아왔다.

몇 가지 일들을 처리하는 중에 혜나에게 연락이 왔다. 함께 횟집 '섭지코지'에 간 우리는 동현도 불러냈다. 회에 소주(나는 물)를 마시며 이런저런 수다를 떨었다. 동네 친구들의 좋은 점이다.

집으로 오는 길에 남편에게 전화를 걸어 얼른 오라고 떼를 썼다. 올라오는 비행기 표를 오늘 예매했다고 하니, 나는 이제 얼른 오라고 매일 떼를 쓸 작정이다.

발사되지 않은
총

제주도에 와서 혼자 생활한 지 한 달이 다 되어간다. 한 달 동안 나는 무얼 하고 지낸 걸까. 오늘 아침 식탁에 앉아 브런치를 들여다보며 세어보니 여기 와서 쓴 글이 43개였다. 비행기 타기 전날 저녁 아내와 약속했던, '아내 없이 제주에서 한 달 살기'라는 제목의 제주 일기와 틈만 나면 쓰는 '공처가의 캘리', 그리고 그냥 그때그때 떠올라서 쓴 산문 등을 합쳐보니 그만큼이다. 북이오의 프리즘 채널에 〈글은 짧게, 여운은 길게〉라는 제목으로 연재 중인 칼럼 세 편은 브런치에 올리지 않았으니, 이것까지 치면 조금 더 많다. 그중에서도 가장 열심히 쓴 건 이 일기다.

혼자 지내는 남자가 무슨 할 얘기가 있어서 매일 그렇게 글을 쓰는지 신기해하는 사람들도 있겠지만 한 달 동안 빠뜨리지 않고 일기를 쓸 수 있었던 건 결국 특별한 사건이나 주제 없이도 늘 글을 쓸 수 있다는 증거가 아닐까? 사실 나는 뚜렷한 주제를 가지고 쓰는 글이 오히려 힘들다. 목적이 너무 분명한 글은 금방 재미가 없어지기 때문이다. 모든 에피소드가 다 주제의식을 향해서만 수렴되는 영화나 소설도 그다지 좋아하지 않는 편이다. 〈물랑 루즈〉, 〈로미오와 줄리엣〉을 만든 바즈 루어만 감독의 〈댄싱 히어로〉를 볼 때 느꼈던 것도 바로 그런 종류의 감정이었다. 그 영화에서는 모든 게 다 춤으로 통한다. 주인공의 사랑이 춤으로 표현되는 것은 물론, 꿈의 도전과 완성도 춤을 통해 이루어진다. 심지어 험상궂은 남자들이 나타나 주인공에게 결투를 신청할 때도 대결 방식은 결국 춤이었다.

소설가이자 극작가 안톤 체호프는 "1장에서 총이 등장했다면 2장이나 3장에서는 반드시 그 총이 발사되어야 한다"라고 말했다. 이른바 체호프의 총 이론이다. 하지만 그건 연극 이야기이지, 우리 인생이 어디 그런가? 홍상수의 〈강원도의 힘〉에는 안약을 사던 주인공이 "아유. 쪼끄만 게, 일제네요?"라고 말하는 장면이 나온다. 그냥 지나가는 장면이다. 체호프의 총 이론대로라면 영화 후반부에는 안약으로 촉발된 일본 제품 불매운동이라도 등장해야 하는 걸까? 아, 그러나 그런 내용이 나오는 홍상수 영화는 상상도 할 수 없다.

오후에 리디북스에서 곽재식의 《항상 앞부분만 쓰다가 그만두는 당신을 위한 어떻게든 글쓰기》를 샀다. 나는 〈박시은 특급〉이라는 단편소설을 읽은 후 곽재식의 팬이 되었고, 사실은 그의 단편소설집을 사고 싶었다. 그러나 마감이 이번 주 일요일로 다가온 '짧은 글 쓰기' 칼럼에 써먹을 구절이 하나라도 있을까 하는 얄팍한 마음으로 소설 대신 그의 글쓰기 책을 구입한 것이다. 잔뜩 기대하며 읽기 시작했지만, 아쉽게도 소설을 쓰려는 이들에게 도움이 되는 작법 위주의 책이었다. 또 글들이 길어서 칼럼에 써먹겠다는 나의 목적을 달성하기는 어려워 보였다. 역시 불순한 의도로 책을 사면 안 된다는 진리만 다시금 깨닫고 책장을 덮었다.

누구나 영화 같은 인생을 꿈꾼다. 그러나 대부분의 삶은 특별한 일 없이 지나간다. 간혹 총이 등장할 순 있다. 그러나 반드시 그 총에서 탄환이 발사되어야만 하는 것은 아니다. 곽재식의 책 외에도 내 인생엔 '발사되지 않은 총'들이 너무나 많다. 무릇 인간의 삶이란 무의미로 점철되어 있으며, 깔끔하게 정리되지 않은 산문처럼 지리멸렬하게 흘러가는 것이다. 히치콕은 "드라마는 지루한 부분을 잘라낸 인생이다"라는 명언을 남겼다. 혁명가를 다룬 소설이나 영화에서는 혁명가가 고민하거나 싸우는 장면은 나와도 똥 누는 장면이나 무단 횡단하는 장면은 안 나온다. 그게 당연하지 않은가. 그래서 나는 '혁명가든 시골 무지렁이든 누구에게나 발사되지 않은 총은 무수하게 많다'라는 다소 안일한 생각으로 약간 심란한 월요일 밤을 마감하려 하는 것이다. 비록 지금은 딱 두 잔 남은 소주를 아까 전부 마셔버리곤 아쉬워하는 중이지만 말이다.

거울 선생이 태어난 날,
아내는 불을 뿜고

1

아침에 일어나 급한 일들을 좀 처리해서 아내에게 보냈다. 좀 신경 쓰이고 심란한 일들이었다. 아내는 서울에서 혼자 고생을 하고 있는데, 나는 제주도에서 팽팽 놀고 있는 것 같아 미안하고 마음이 무거웠다. 마음이 무거우니 자연스레 몸도 무거워졌다. 화장실에 들어가 사노 요코 선생이 한국의 벗에게 보낸 편지들을 모은 책 《친애하는 미스터 최》를 아무 데나 펼쳤는데, 마침 행복과 불행에 대한 구절이 나왔다.

통화했을 때 미스터 최가 "행복하지도 불행하지도 않다"라고 하셨을 때 저는 눈물이 나도록 부러웠습니다. 행복하지도 불행하지도 않다고 할 만큼 행복하시니까요. 아주 행복한 사람은 바보이고 불행한 사람은 성격이 나빠요. 어느 쪽도 아닌 것을 신께 감사하세요.

요코 선생은 도대체 어떻게 이런 통찰을 가지게 되었을까. 신기하고 멋지다. 나는 《죽는 게 뭐라고》(마음산책, 2015)를 읽고 그의 팬이 되었다. 이 할머니는 죽음 앞에서도 의연하게 유머를 잃지 않는다. 병원에서 시한부 선고를 받고 나오는 길에 곧바로 재규어 매장에 가서 잉글리시 그린 컬러의 스포츠카를 가리키며 "저거 줘요!"라고 외쳤다는, 못 말리는 할머니. 스스로 '취향이 저급'하다면서, '소파에 드러누워 드라마 〈춤추는 대수사선〉을 보며 깔깔 웃을 때가 제일 행복하다'라고 털어놓는 부분이 아직도 기억에 새롭다.

2

페이스북에 들어갔더니 배우 양희경 선생의 생일 알림이 떴다. 나는 어렸을 때부터 언니 양희은보다 동생 양희경이 더 좋았다. 대차고 똑 부러진 언니에 비해 양희경 선생은 어딘가 인간적으로 보였다. 혹 자신이 인생에서 많은 어려움을 겪었더라도, 그걸 드러내기보다는 오히려 다른 사람을 넉넉하게 위로해 줄 듯한 그런 느낌이었다. 선생의 생일이라는 알림을 보자 순간적으로 '양희경'이라는 이름의 마지막 '경' 자에서 거울의 이미지가 떠올랐고, 그걸 가지고 작은 이야기를 하나 만들어보면 어떨까 하는 생각으로 이어졌다. 거울 하면 제일 먼저 떠오르는 건 누가 뭐래도 백설공주 아니겠는가. 하지만 백설공주, 왕비, 독사과로 이어지는 이야기는 그동안 너무 우려먹어서 식상했다. 나는 말하는 거울에만 집중하기로 했다. 연기자인 양희경 선생이 누군가에게는 자신을 비추어 볼수 있는 거울로, 또 뭔가 바람직한 것들을 보여줄 수 있는 거울로 느껴지도록 이야기를 꾸몄다. 제목은 '어떤 거울'로 정했다.

어떤 거울

유치원에서 백설공주 이야기를 처음 들은 소년은 집에와서 거울 앞에 서서 물었습니다.

"거울아, 거울아. 세상에서 누가 제일 예쁘니?"

그러자 거울이 대답했습니다.

"얘야, 그건 왕비가 할 질문이지. 너는 다른 걸 물어봐야한단다. 그리고 다음부턴 존댓말로 해."

소년은 깜짝 놀랐죠. 거울이 진짜로 대답을 할 줄은 몰랐거든요.

"그럼 전 어떤 걸 물어야 해요?"

"세상에서 제일 좋은 사람이 누구냐고 물어야지."

"그럼, 세상에서 제일 좋은 사람이 누구예요?"

"궁금해? 내가 보여줄게."

거울은 가난한 마을에서 사람들에게 밥을 퍼주고 있는 목사님을 보여줬습니다. 깊은 정글에서 어린아이들을 치료해 주고 있는 의사 선생님을 보여줬습니다. 한 나라의 수장이면서도 월급을 다 가난한 사람들에게 주고 자신은 허름한 집에서 사는 대통령을 보여줬습니다. 아르바이트하러 가는 길에 거리에서 폐지 줍는 노인들을 도와 리어카를 끌어주는 대학생을 보여줬습니다.

"와, 이런 사람들이 있었어요?"

소년은 그렇게 가끔 거울 앞에 와서 그때그때 궁금한 걸 물었고 거울은 소년이 물을 때마다 세상 다양한 사람들의 생각과 행동과 마음을 보여줬습니다.

"세상에서 가장 중요한 사람을 보여주세요."

조금 자라 초등학교에 다니게 된 소년이 이렇게 물었습니다.

"……."

"오늘은 왜 대답을 안 해주시죠?"

한참 만에 거울이 대답했습니다.

"바로 지금 보고 있잖니."

"네? 저요?"

"그래. 세상에서 가장 중요한 사람은 바로 너란다. 네가 어떻게 마음먹고 어떻게 행동하느냐에 따라 우리가 사는 세상을 좋게 만들 수도 있고 나쁘게 만들 수도 있으니까. 너는 세상에서 가장 중요한 사람이란다. 그걸 잊지 마."

소년은 너무 기쁘고 신기해서 거울을 들여다보며 한참을 웃다가 가까이 가서 거울 테두리 옆을 살펴보니 거기엔 조그맣게 '양희경'이라고 쓰여 있었습니다. 소년에게 세상을 살아가면서 알아야 할 지혜와 좋은 사람이 되기 위한 태도와 다른 사람을 먼저 생각할 수 있는 마음가짐을 가질 수 있게 해준 거울의 이름은 '양희경'이었습니다.

(양희경 선생의 끝 자가 옥 경(瓊)이라는 건 알고 있었지만 오늘 생일이라고 페이스북에 뜨길래 갑자기 거울 경(鏡) 자로 작은 동화를 하나 써보면 어떨까 하는 생각이 들어서 이런 유치한 짓을 한번 해봤습니다. 양희경 선생님, 생일 축하드립니다. 생신 말고 생일. 이게 더 좋으시죠?)

완성하고 보니 좀 유치해서, 혹 선생이 싫어하거나 어이없어하시진 않을까 잠시 망설였다. 그래도 나름 열심히 쓴 이야기를 그냥 버리긴 허무해서 눈 딱 감고 선생의 페이스북 담벼락에 올려버렸다. 다행히 우리 부부가 겨울마다 연극 무대로 한 번은 만나는 오미영 작가가 제일 먼저 댓글을 달아주었다. 다른 분들도 거울과 선생의 이미지가 잘 어울린다는 댓글을 남겼고, 양희경 선생도 이런 선물은 처음 받아본다며 좋아하셨다. 우려했던 것보다는 반응이 좋아 다행이었다. 나는 뭐든 생각나면 바로 이야기하거나 글로 써버리는 편이라, 본의 아니게 실수를 할 때도 많기 때문이다.

3

저녁에 아내가 기분 나쁜 일이 있다며 카톡을 보내왔다. 몇 번의 메시지를 주고받은 후, 도저히 답답해서 안 되겠는지 결국 전화를 걸어왔다. 아내의 하소연을 들으며 나는 그녀를 화나게 한 인물을 열렬히 규탄했다. 이야기하다 보니 나도 점점 화가 났다. 실제로 그 사람이 잘못한 게 많으니 아내가 화를 내는 건 당연했다.

추운 날 골목길을 올라가며 입에서 불을 뿜던 아내는 집에 거의 다 도착해서야 전화를 끊었다. 서울로 올라갈 날이 다가오니 글도 안 써지고 안 그래도 심란한데 마음에 돌을 던지는 놈까지 나타나다니 역시 세상은 늘 비협조적이다. 말 많은 밥솥 쿠쿠가 "쿠쿠가 지금 뜸을 들이고 있습니다아~"라고 외치며 밥을 하고 있었다. 얼른 따뜻한 밥을 퍼먹고 힘을 내야겠다고 생각할 즈음 아내에게서 또 카톡이 왔다. 고양이 순자가 아내를 노려보며 화를 내는 사진이었다. 오늘 우리 집에 사는 생물들은 다 화를 내는 날인가 보다 하고, 나는 그만 하하 웃어버렸다.

화날 땐 수다가 답

아침 기온이 영하 5도다. 본격적으로 겨울이 시작될 모양이다. 귀가 불편하니 자주 잠에서 깬다. 순자는 털을 쓸어달라고 할 때 빼곤 내 곁에 잘 오지 않는다. 지금도 욕실 문 앞에 앉아 날 째려보고 있다. 빨리 일어나 털을 빗겨달라는 무언의 압력이다.

어제 몹시 언짢은 일이 있었는데, 그 화는 오늘 극에 달했다. 남편이 없으니 수다를 떨 상대가 없어 머리가 터질 지경이었다. 남편과 통화를 하며 겨우 화를 삭였다. 화가 난 원인에 대해 다시 한번 곱씹어보니 근본적인 잘못은 그쪽에 있었으나 우리가 실시간으로 확실하게 대처를 하지 못한 점도 있었다. 다시는 그런 어리석은 짓을 하지 않겠다고 다짐했다.

아내 없이 혼자 보낸
두 번째 허니문

1

김애란의 소설집《바깥은 여름》(문학동네, 2017) 중 〈건너편〉이라는 단편엔 진즉에 끝나버린 연인의 이야기가 나온다. 노량진 수험생들을 위해 교회에서 마련한 급식을 먹으며 알게 된 이수와 도화, 그들은 8년이나 사귀었고 동거도 하고 있지만 이젠 아무런 감정이 남아 있지 않다. 7급 공무원 시험 준비를 하다가 연거푸 떨어진 이수는 부동산 컨설팅 회사에 다니고 경찰공무원 시험에 합격한 도화는 기상청에서 교통방송 캐스터를 하고 있다. 도화는 주인집 아주머니가 보낸 문자를 통해 이수가 자기 모르게 전세를 월세로 바꾸고 돈을 빼간 것을 알게 된다. 그리고 그 이유는 그가 다시 공무원 시험 준비를 하고 있기 때문이다. 헤어질 마음을 먹은 도화는 무리를 해서 25만 원짜리 회를 사주는 남자친구에게 이렇게 말한다.

"나는 네가 돈이 없어서, 공무원이 못 돼서, 전세금을 빼가서 너랑 헤어지려는 게 아니야……. 그냥 네 안에 있던 어떤 게 사라졌어. 그리고 그걸 되돌릴 수 있는 방법은 없는 것 같아."

이수나 도화에게 특별한 악의가 있었던 건 아니라고 생각한다. 다만 서로를 붙잡아 둘 사랑의 향기가 다 날아가, 그 순간 그들에게 남아 있지 않았다는 게 슬플 뿐이다. 왜 이 이야기를 쓰냐 하면 오늘 아침 김세희의 등단작 〈얕은 잠〉을 읽는데 비슷한 슬픔이 밀려와서다.

6년째 함께 살고 있는 남자 정운과 남쪽 바다로 여행을 온 미려는 정운의 제안에 따라 서핑을 배운다. 수영을 못하는 그녀는 운동을 잘하는 정운과 떨어져 수업을 듣게 되고, 그때부터 불안감을 느낀다. 급기야 보드 위에서 쉬다가 깜빡 얕은 잠이 들어 그대로 떠내려가는 어이없는 실수까지 해버리고, 자신이 원래 있던 장소를 찾지 못해 헤맨다. 지표가 될 만한 건물이나 지형 대신 습관처럼 정운의 얼굴만 쳐다보고 있던 탓이다.

미려는 처음 보는 집에 도움을 청한 끝에 다행히 원래 있던 자리를 찾지만, 정운은 기다리지 않고 호텔로 먼저 가버린 뒤다. 그 순간 미려는 정운에게서 벗어난 새로운 삶을 직감한다. 미려를 픽업트럭에 태워준 남자는 "잘은 모르지만 굉장한 서핑을 한 것 같네요"라며 자신이 친구들과 지내는 숙소로 그녀를 데려간다. 숙소에서는 남자 세 명과 여자 두 명이 카드 게임을 하고, 눈이 큰 어린아이 둘도 어른들 사이로 머리를 내밀고 있었다. 함께하겠느냐는 권유에 가볍게 고개를 가로저은 미려는 처음 보는 거실을 가로지른다. 자신이 편안함을 느낀다는 사실에 놀라워하면서.

좋은 단편을 읽었다는 느낌에 마음이 뿌듯해졌다. 특히 "잘은 모르지만 굉장한 서핑을 한 것 같네요"라고 하는 대사는 레이먼드 카버나 줌파 라히리의 소설 한 구절 같았다. 지난여름 서핑을 잠깐 배워본 경험이 있기에 파도타기에 대한 묘사들이 나오는 것도 반가웠지만, 주인공이 새로운 세상으로 막 들어서는 듯한 장면의 묘사가 무엇보다 싱그러웠다. 이 단편은 소설집 《가만한 나날》에 수록되어 있다.

2

늦은 아침을 먹고 동네를 산책하다가 93 BREW에 가서 커피를 샀다. 어떤 커피를 마실 건지 묻기에 그냥 바디감이 좀 있는 걸로 달라고 했더니, "아, 그럼 어떤 게 좋을까요?" 하며 사장님이 심각한 고민을 시작했다. 나는 너무 고민하지 말고 그냥 달라고, 나도 그렇게 커피를 잘 아는 사람 아니라고 하며 머핀도 하나 추가했다. 이번엔 어떤 머핀을 원하는지 묻기에 커피와 잘 어울리는 걸로 주세요, 하고 하나 마나 한 대답을 했다. 결과적으로 내 손에 들린 것은 아메리카노와 한라산 머핀이었다.

"저 내일 올라가요. 오늘이 마지막이에요." 작별 인사를 위해 운을 뗐다. 사장님 내외는 못 들을 걸 들었다는 듯 화들짝 놀라더니 이내 뭔가를 꺼내왔다. 가게 이름을 새긴 머그잔이었다. 나는 그렇게 자주 오지도 않는데 이게 무슨 짓이냐고 항변했지만, 선물을 주겠다는 사장님 부부의 의지는 완강했다. 여러 번에 걸쳐 인사를 나누는 동안 눈물이 나올 것 같았다. 너무 선량한 사람들을 보면 이상하게 나는 좀 서러워진다.

집으로 들어와 아내와 통화를 했다. 짐을 싸고 있느냐고 묻기에 저녁에 쌀 거라고 답하니 '집에 오기 싫은 모양'이라며 놀렸다. 이런저런 이야기 끝에 전화를 끊고 식탁 앞에 앉았다. 심란하고 복잡한 지금 심정을 어떻게 표현하면 좋을까 고민하다가 어깨가 아픈 이야기를 써보기로 했다. 요즘 계속 어깨가 아픈 게 다른 데 아프지 말라고 어깨가 신경 써 한 일이라는, 좀 어이없는 내용이었다.

내 어깨를 두드려 준 어깨

- 제주도를 떠나며

어깨가 결린 지 여러 날째다

서울에 있을 때

침도 맞고

플랭크도 했는데

여전히 결린다

지난달 렌터카에서

뒷좌석 가방을 집다가

아, 하고 비명을 질렀다

아, 하고 아내가 놀랐다

왜 어깨가 아플까

다른 데

아프지 말라고 아픈 거다

머리 아플 일 쌔고

가슴 아플 일 쌨으니

여기 있는 동안은

안 아프라고

어깨가 내 어깨를
두드려준 것이다
서울 올라가면
정형외과 가면
어깨가 나으면
어깨만 괜찮아지고
인생에 다른
깡패가 나타나는 걸까
어깨야, 나 어떻게 할까

　어느덧 한 달이 꿈처럼 흘러가고 내일은 서울로 간다. 허니문에 대한 고전적인 유머가 생각났다. 이발을 하면 딱 하루 행복하고, 운전을 배우면 딱 일주일 행복하고, 결혼을 하면 딱 한 달 행복하기 때문에 허니문이라 부른다는 것이었다. 오롯이 나 혼자 꿈 같은 한 달을 지냈다. 기껏 새 별장을 지어놓고, 입주도 하기 전에 먼저 한 달 살아보라며 나 같은 백수에게 집을 내주신 주인장 덕분이다. 웬 인복인가, 생각하다 보니 이건 아내 덕분에 아내 없이 제주에서 보낸 두 번째 허니문이란 생각이 들었다. 내일 서울 가서 아내가 그동안 좋았냐고 물어보면 별로 안 좋았다고, 생각보다 별로였다고 적당히 대답을 잘 해야 할 텐데.

한 달간 별장을 혼자 쓰게 해준 주인장부터 늘 따뜻하게 나를 맞아준 빨간 벽돌 카페 사장님 내외까지 다들 고마운 분들이었다.

하룻밤 아닌 한 밤

'한 밤만 더 자면 돼'라는 말에는 참으로 깊은 그리움이 있구나. 기다리는 자에게 한 밤은 정말 길고도 긴 밤이구나. 왜 하룻밤이라 말하지 않고 한 밤이라 했는지 이제야 알겠다. 한 밤만 더자면 남편이 온다.

밤엔 갑작스럽게 심야 술자리에 갔다. 그 자리에서 만난 어떤 분은 2년 반 전에 사별하셨다고 했다. 그 말을 하는 눈빛엔 슬픔과 그리움, 그리고 사랑이 함께 담겨 있었다. 그런 눈빛을 보면 어쭙잖은 위로를 건넬 수가 없다.

오랜만에 시간이 난 승연과 즐거운 하루를 보내면서, 남편과 제주에서 인사를 나눴다는 성북동 주민을 성북동에서 만났다.

각오에 각오를 다지며 보낸 하루였다. 지금과는 조금 다른 다음 해를 살아야겠다.

내일이면 남편이 온다. 벌써 설렌다.

서른한 번째 날

남편이 온다

드디어 남편이 온다

어젯밤부터 설렜다

김포에 도착했단다

생이별의 깨달음

한 달간의 강제 별거

절대 할 일이 못 된다

내가 견딜 수 있는 시간은 2주가 맥시멈

남자에겐 자발적 고독이 필요하다

찰스 부코스키는 일생을 노동과 술, 여자, 경마, 도박 등으로 탕진하며 '하층민의 국민시인', '언더그라운드의 신'이라 불리다 백혈병으로 불꽃 같은 삶을 마감한 멋진 작가다. U2의 리더 보노를 비롯해 본 조비, 너바나 등의 뮤지션이 앞다투어 팬을 자처하며 그의 자유분방함을 찬양했다. 그런데 책을 읽어보면 그런 그도 예술을 하기 위해서는 혼자만의 시간과 공간이 절실히 필요했던 모양이다. 그는 〈공기와 빛과 시간과 공간〉이라는 시를 통해 가족이나 일 때문에 글쓰기를 방해받는 시인의 일상을 그려냈다.

공기와 빛과 시간과 공간

— 찰스 부코스키

"가족이니 직장이니

항상 뭔가 날 가로막았어

하지만 난 드디어

집을 팔고

여기, 넓은 작업실을 구했어

이 공간과 빛을 좀 봐

내 생애 처음으로 창작할 공간과 시간이

생긴 거야."

아니야, 친구

만약 네가 하려고만 한다면

하루 열여섯 시간을 탄광에서 일해도

작은 방에서 아이 셋을 키우며

정부 보조금으로 연명해도

몸과 마음이 망가져도

눈이 멀어도

불구가 되어도

정신이 온전치 못해도

고양이가 네 등을 기어올라도

지진, 폭격, 홍수, 화재로

도시 전체가 떨어도

창작할 수 있어

친구야, 공기와 빛과 시간과 공간은
창작과 아무 상관이 없고
아무것도 만들어내지 않아
새로운 변명거리를 찾을 만큼
네 인생이 길다면 또 모를까

나이 든 남자에게는 '동굴'이 필요하다고 한다(물론 여자에게도 '자기만의 방'이 필요하다). 현대인들에겐 누구나 고독해질 권리가 있는 것이다. 회사를 그만두고 고독을 위해 제주도 별장으로 떠나는 공항에서 나는 부코스키의 이 시를 떠올리며 슬그머니 웃었다. 그래, 일단 떠나는 거야. 나는 제주도지만 그게 설악산이면 어떻고 하와이면 어때. 중요한 건 가족이나 일에서 멀리 떨어지고 보는 것이지. 영어에도 있지 않은가. Out of sight, out of mind.

아내 없이 제주에서 보낸 한 달은 내 평생 다시 올 수 없는 자유의 시간이었고 진정 심심한 일상의 연속이었다. 나는 그곳에서 내 첫 책《부부가 둘 다 놀고 있습니다》의 초고를 썼고 꼬박 한 달간 저녁이면 누구의 방해도 받지 않고 식탁에 앉아 일기를 썼다. '아무것도 안 하고, 아무도 안 만나고 오로지 빈둥거리며 책을 읽거나 글을 쓰는 데만 시간을 다 쓰리라' 하는 원대한 포부를 가지고 내려갔으므로, 일기라고 해봤자 그저 하루에 한 장씩 집 안 어딘가에서 사진을 찍고 서너 줄의 독백 메모를 남기는 정도로만 구상했었다. 예를 들어, 말하는 압력밥솥의 사진을 한 장 찍은 뒤 '나에게 밥을 해주는 존재는 늘 말이 많았다. 아내를 피해 제주도로 내려왔더니 이젠 밥솥이 말을 한다'라는 식으로. 그런데 첫날 일기를 한 편 써본 후 그럴 수 없다는 사실을 곧바로 깨달았다. 아무리 혼자 살아도, 인간이라는 존재에게는 서너 줄의 메모로 끝낼 수 없는 무슨 일인가가 항상 일어난다. 그리고 그건 내가 바라는 일이기도 했다. 나는 제주에서 외로움을 만끽했지만 전혀 쓸쓸하지 않았다. 내가 자발적으로 선택한 고독이었기 때문이었다.

삶이라는 건 때로 시냇물과 같다. 어디로 흘러갈지 모른다. 그런데 한 가지 분명한 것은 인간은 한 일에 대한 후회보다 하지 않은 일에 대한 후회를 더 많이 하는 존재라는 것이다. 나에게 제주도에서 혼자 지내던 한 달은 선물 같은 시간이었다. 그래서 이 책을 읽는 당신에게도 충

동질하는 바이다. 지금 당장 '혼자 한 달 살기'를 계획해 보라. 물론 제주도가 아닌 양평이나 청주라도 상관없다. 중요한 건 장소가 아니라 혼자가 되는 것이니까. 결심하고 나면 지금까지는 몰랐던 새로운 세상이 열릴 것이다.

여보, 나 제주에서 한 달만 살다 올게

초판 1쇄 발행	2021년 11월 29일
초판 2쇄 발행	2022년 6월 17일
지은이	편성준·윤혜자
펴낸곳	(주)행성비
펴낸이	임태주
책임편집	이윤희
디자인	이유진
출판등록번호	제2010-000208호
주소	경기도 파주시 문발로 119 모퉁이돌 303호
대표전화	031-8071-5913
팩스	0505-115-5917
이메일	hangseongb@naver.com
홈페이지	www.planetb.co.kr

ISBN 979-11-6471-156-7 (03810)

행성B는 독자 여러분의 참신한 기획 아이디어와 독창적인 원고를 기다리고 있습니다.
hangseongb@naver.com으로 보내 주시면 소중하게 검토하겠습니다.